KB082230

순정해협(純情海峽)

함대훈

순정해협(純情海峽)

발 행 | 2020년 9월 14일
저 자 | 함대훈
펴낸이 | 한건희
펴낸곳 | 주식회사 부크크
출판사등록 | 2014.07.15.(제2014-16호)
주 소 | 서울특별시 금천구 가산디지털1로 119 SK트윈테크타워 A동 305호
전 화 | 1670-8316
이메일 | info@bookk.co.kr

ISBN | 979-11-372-1783-6

www.bookk.co.kr

〈작가 소개〉

해방 이후 「청춘보」·「희망의 계절」 등을 저술한 소설가.연극평론가·
친일반민족행위자.

생애 및 활동사항

1896년 황해도 송화에서 출생했다. 중앙고등보통학교 졸업 후 곡물
무역에 근무했다. 1928년 일본으로 건너가 도쿄외국어학교 러시아과
에 입학, 1931년에 졸업했다. 재학 중 유학생과 함께 해외문학연구회를

조직에 참여했으며, 『해외문학』·『문예월간』 등 문학잡지와 『동아일보』에 번역 작품과 연극평론의 글을 발표했다. 이 시기 연극계 활동도 시작했다. 1931년 귀국하여 신극단체 극예술연구회 결성에 참여하여 러시아문학을 번역, 소개에 힘썼다. 조선일보사에 입사해 사회부·학예부·출판부 기자로 활동했으며, 1937년 편집주임을 맡았다. 1938년 3월 극예술연구회가 해산당하자 극연좌를 조직하여 연극활동을 계속했다. 1939년 조선문인협회 발기인으로 참여하였고, 1941년 간사로 활동했다. 이 시기 시국강연대 일원으로 문예보국강연회에서 강연했다. 1940년 조선일보사 출판부 주임으로 친일종합문예지 『조광』의 편집업무를 담당했다.

1941년 친일 연극단체 현대극장 설립에 참여했으며, 국민연극연구소를 설립하여 연극개론을 강의하는 한편 기획위원 및 연구소장을 맡았다. 이를 바탕으로 『매일신보』와 『경성일보』에 「국민연극의 첫 봉화」, 「근대극과 국민연극」, 「국민연극의 전향」, 「국민연극의 건설」 등을 발표했다. 1943년 일제의 신체제를 미화하는 「북풍의 정열」을 발표했다. 해방 후 『한성일보』 편집국장, 미군정청 공안국장과 공보국장으로 활동했다. 1947년 소설 「청춘보」, 1948년 「희망의 계절」 등을 발표했다. 1947년 국립경찰전문학교 교장으로 취임, 재직 중 1949년 3월 21일 사망했다.

함대훈의 이상과 같은 활동은 「일제강점하 반민족행위 진상규명에 관한 특별법」 제2조 제11·13호에 해당하는 친일반민족행위로 규정되어 『친일반민족행위진상규명 보고서』 IV-19: 친일반민족행위자 결정이유서(pp.91~115)에 관련 행적이 상세하게 채록되었다.

〈출처 : 한국민족문화대백과사전〉

1936년 1월 『조광』 3호부터 10호까지 연재된 소설로 1938년 한성도서에서 간행.

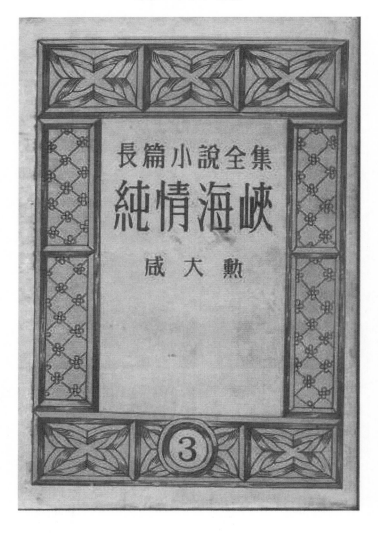

목차

상권

하기방학

—

"아직두 차가 안 보이냐?"

"아이 어머니두, 차가 보이면 벌써 와 닿았게요!"

"그럼 올 시간이 아직두 못 됐니?"

"조금만 있으면 오게 됐어요."

"원 차는 빠르대두 그렇게 늦는구나."

주름 잡힌 어머니의 얼굴이 기다림에 초조한 듯 긴장된 빛을 띄었을 때 "뚜우." 하고 기적소리가 처량하게 들리었다.

기차는 지금 산 모퉁이를 어느덧 구렁이같이 감돌아 이편으로 달려오고 있는 게 이제는 완연히 보이었다.

"저기, 저기 와요..... 어머니!"

"응! 오는구나....."

"얘 소희(素姬)야, 너두 이리 좀 와!"

영숙(永淑)은 기쁜 듯이 같이 나온 자기 동무의 팔까지 끌어당기며 날뛰고 있다.

"이제야 와..... 온 참."

어머니는 너무나 오래 기다리게 했다는 듯이 그러나 빙그 레 웃음을 띄우고 쿠쿠치치 쿠쿠치치 하며 달려오는 기차를 열심히 바라보고 있다.

"쿠치치 쿠치치."

달려오던 기차의 속력이 점점 줄더니 "쉬-" 소리가 들리자 기차는 역 구내에 천천히 정거를 한다.

세사람은 차 가까이로 달려가 시골 정거장 그리 많지도 않 은 승객 속을 헤치고 차에서 내리는 손님들을 일일이 점검 하고 있었다.

얼마 있지 않아서 검정 세루 윗저고리에 벡세루 바지를 받 쳐 입고 사각모를 축 눌러 쓴 대학생 하나가 승강구로 내리 었다.

"아이, 저기 내려요!"

영숙은 껑충 한번 뛰고 뒤도 돌아보지 않은채 그 편으로 달음박질을 친다. 그의 어머니와 소희도 그것을 보자 발 빨 리 그 뒤를 따랐다.

"이제야 오냐?"

"네, 어머님 안녕히 계셨어요!"

대학생 영철(永哲)은 어머님 가까이 오자 훨씬 큰 키를 굽 혀 인사를 하였다.

"오빠 고생되셨죠?"

"고생되긴 뭘! 넌 언제 왔니?"

"한 열흘 전에요."

그들이 말할 수 없는 기쁨 속에서 인사를 주고 받는 것을 멍하니 바라보고 있던 소희는 겨우 인사들이 끝나는 것을 보고서야 옆에 비켜 섰던 몸을 사쁜 내놓으며 "안녕히 다녀 오셨어요?" 하고 둥근 눈을 사르르 감으며 인사를 한다.

"아 참 소희씨도 나오셨는걸!" 하고 영철은 그제야 알아 채었다는 듯이 황망하게 인사를 한다.

그들은 다 같이 넘치는 기쁨으로 발길을 나란히 하여 역 구내를 나와서 정거장에서 서너마장쯤 떨어진 집으로 돌아 오게 되었다.

영철은 집에 돌아오자 곧 낯을 씻고 조선옷을 갈아 입었 다. 칠월 초승이라 더위는 쫴 높아 산 가까운 이 마을에도 시원한 바람은 그리 불지 않는 것 같다. 갖다 주는 샃부채 를 부치며 영철은 마루 위에 걸터앉아 저 멀리 푸른 하늘 점점이 뜬 구름을 바라보고 있었다. 구름도 더위에 들뜬 듯 이 안타까이 하늘을 날으고 이따금 묘한 봉우리가 피곤에 젖은 시야를 위무해 줄 뿐이다.

(퍽은 이뻐졌는데!)

영철은 멍하니 눈을 하늘로 보내고 있으면서도 일년 동안 그렇게도 달라진 소희 생각에 정신을 잃고 있었다.

(일년 동안에 그렇게도 달라진담!)

영철은 이상히도 둥근 눈이 긴 속눈썹 속에 깜박이고 뒷독 하고 날씬한 코, 적게 다문 입, 그리고 웃을 때면 어여쁜 두 볼에 우물지는 소희의 얼굴이 너무도 똑똑히 자기의 가슴패 기를 파고 듦을 자기도 완연히 느꼈다. 더구나 작년보다도 더. 여성미가 균형된 그의 모양이 영철의 머리를 어지럽히었 다.

건넌방에서 영숙의 웃음소리가 요란스러이 들리는 듯 하면 자지러질 듯 외마디소리로 웃는 소희의 어여쁜 웃음소리도 간간 스며나왔다. 그 동양 여성만이 가질 수 있는 얌전스런 웃음, 그 웃음 속에는 아직 못할 애틋한 사랑이 포근히 잠 들고 있는 것 같아서 영철은 그 웃음소리가 들릴 때마다 가슴이 찌르르 함을 느끼었다.

(아직두 소희는 우리집 건넌방에 유숙을 하고 있나?)

영철은 그렇게 있었으면 하는 살얼음을 닿는 듯한 간지러 운 환상 속에 또 소희의 모양을 다시금 머리에 그려보았다.

(어쩌면 천애(天涯)의 고아(孤兒)로 태어나서 저렇게도 얌전스러웁게 키워졌을까? 그리고 어쩌면 그다지도 몸과 마음 이 다 같이 아름답게 되었을까? 통통 부은 듯 그러나 탄력 있어 보이는 젖가슴, 그리 크지도, 또 그렇게 작지도 않은 날씬한 키! 쭉 뻗은 듯 갈쭉한 두 다리, 그것은 현대 문화의 세련을 받은 여자만이 가질 수 있는 백퍼센트의 육체미까지 구비한 소희!)

"과일이나 좀 깍으렴!"

어머님이 친히 과일 그릇을 들고 들어오시면서 영철의 약 간 애수띤 얼굴을 치어다볼 때 "네." 하고 영철은 꿈속에서 나 깨어난 듯 어머니 편으로 얼른 머리를 돌렸다.

"얘, 영숙아 오빠 과일이나 벗겨 드려라. 뭘 떠들고 있니?"

건넌방을 향해 외치는 어머니의 소리가 끝나기도 전에 "조 금있어."

하는 영숙의 굵다란 목소리가 들려왔다.

"뭘 하니?"

"가만 있어요!"

"원 저건 오빠 온 것두 본체 만체허구!"

어머니는 어이가 없다는 듯이 혀를 끌끌 찬다.

"오빠!"

한 일분이나 됐을까? 영숙은 트람푸쪽 몇장을 두 손에 들 고 뛰어 나오면서 "짝크가 떨어졌어." 하고 외친다.

"뭐?"

"소희가 점을 쳤는데 짝크가 떨어졌어."

"그래 짝크가 떨어지면 어떻게 되니?"

"오빠는 동경꺼정 가셔서 그것두 몰라. 연애가 된단 말야 요."

"쓸데 없이."

영철은 빙그레 웃음을 웃고 영숙이 편을 바라볼 때 "기앤."

하고 소희가 말끝을 맺지도 못한 채 얼굴이 빨개져서 영숙 의 뒤를 따라 나오고 있다.

"그럼 내가 거짓말야."

".........................."

소희는 아무 말도 없이 우두커니 안마루 끝으로 올라서며 흰 생삼팔 적삼 고름만 만적거리고 있다.

"자 와서 과일이나 먹어라!"

영숙이 어머니가 불렀다.

"아니 가봐야겠어요!"

"왜 그래 부끄러워? 나같으면 만세를 부르겠다. 이리와 야!" 하고
영숙이가 달려들어 소희를 영철이 편으로 갖다 앉 힌다.

영철은 점잖게 말하고 먹던 복숭아를 다시 한입 깨물었다.

"아니요, 가봐야겠어요."

"성났니, 폭로해서?"

"기앤!"

소희는 일어선 채 "그럼 실례하겠어요."

하고 툇마루에 놓은 흰 구두를 집어 신는다.

"정말 갈테야?"

"응."

"왜 그래, 저녁이나 먹구 가잖구."

"가봐야겠어-"

소희는 구두끈을 마저 매고 나서 "그럼 또 뵙겠어요, 안녕 히 계서요."
하고 어머니와 영철이 편으로 머리를 돌려 인사를 한다.

그리고는 고개를 푹 숙인 대문편으로 하이힐을 리드미칼 하게
옮겨 놓으며 갸우뚱갸우뚱 걸어가고 있다.

영철은 멍하니 걸어 나가는 소희의 뒷모양을 바라보았다.

빨갛게 상기된 얼굴을 보이지 않더라도 검은 머리털 아래 날씬하게
빠진 흰 목이 더한층 어여쁘게 영철의 눈을 유혹시킨다. 더구나 생삼팔
적삼에 흰 죠셋트 치마가 (원문에서 글자판독 불가능) 아 흔들었다.

(어쩌면 시골 보통학교 훈도가 저렇게 모양이 이쁠가?)

영철은 이상히도 흥분되는 감정에 자기도 모르게 "이젠 소 희가 우리 집에 있지 않어요?" 하고 어머님 편을 바라보았다.

"우리두 적적해서 같이 있자구 해두 폐를 끼친다구 올 봄 부터 하숙에 나가 있지-"

"네에."

영철은 다소 낙담한 듯이 머리를 숙이고 힘없이 마룻바닥 만 내려다 보고 있었다.

"가 좀 누우렴, 곤할텐데."

"네."

영철은 오래간만에 조선옷의 산뜻한 맛을 느끼면서 몸을 일으켜 자기 방으로 들어갔다.

작년 여름 자기가 해놓은 그대로 서편 벽에 붙여 침대를 놓았고 그 밑에는 조그마한 테불에 의자가 받쳐 있다. 테불 위에 놓은 화병에는 시들은 꽃 한송이 없고 새로 소제한 듯 한 방안의 기분은 유난스러이 쓸쓸해 보인다.

영철은 침대 위에 몸을 비스듬히 뉘고 부채질을 해가며 동 편으로 뚫린 문편을 바라보았다. 열어 놓은 문으로 보이는 조그맣게 꾸민 화단! 거기는 백일홍과 봉선화가 요염하게 피어 있어 흰 나비 검은 나비를 모아놓고 달콤한 향연을 벌 이고 있다. 잠자리 몇놈이 날았다 앉았다, 한가한 저공비행 을 하여 그들의 잔치를 축복하는 듯 저멀리서는 밀마 당질하 는 도리깨 소리가 요란히 들린다.

정적! 끝없는 정적! 웬셈인지 고향에 돌아온 기쁨보다도 한 편 쓸쓸한 물결이 영철의 몸을 사르르 휘어감는다. 그리고 는 그 정적과 애수 속에 떠오르는 한 개의 환상! 그것은 분 명히 소희의 어여쁜 얼굴이었다.

말 한마디 하기가 그렇게도 어려운 듯이 그러나 조리있게 차곡차곡 빚어내는 그의 말시, 이따금 자지러질 듯 외마디 소리로 웃는 향기로운 웃음, 곱게 그러나 애수 어린 한숨이 가슴에서 가볍게 쉬어지는 그 애연한 호흡, 고아로 자란 몸 이언만 그렇게도 예절있는 몸가짐. 영철은 동경에 건너와 있는 조선 여학생들의 그 말괄량이 같은 모양을 다시금 그 소희와 비교해 보고는 머리를 설레설레 흔들었다.

생각을 돌이키면 돌이킬수록 떠오르는 소희의 모양, 가을 바람에 흔들리는 코스모스와도 같이 청초한 웃음이 잘잘 흘 러 넘치는 그의 얼굴! 끊임없이 스르르 감은 영철의 눈앞에 안타까이도 떠오르는 소희의 환상에 영철은 깜짝 놀라 눈을 다시 떴다. 열어 놓은 동편 문으로 보이는 하늘에 흰구름이 묘하게 봉을 쌓았을 뿐, 소희의 모양은 보이지도 않았다.

二

곤한 몸을 며칠 밤 고원의 따뜻한 품속에서 지내고 이른 아침 영철은 일어나는 길로 뒷산 마루턱을 굽이돌았다.

아직도 해는 동산에 솟지 않고 훤히 밝은 하늘에는 검은 구름이 뭉게뭉게 밀리고 있다. 시원한 바람이 솔밭을 스치 고 불어오는 산모퉁이에는 걷는 발길에 차이는 풀위의 이슬 방울이 고무신만 신은 벗은 발을 적시어 산뜻한 촉감을 준 다.

멀리 남쪽으로 뚫린 지평선 옥야에 심긴 벼, 조, 수수.....

흰 옷 입은 농부들의 장사진..... 이것을 멀리 바라보고 있을 때 "자연으로 돌아가라!"고 한 '루쏘'의 '신에로이즈'를 읽던 생각이 났다. 영철은 최근 '루쏘'의 민약론(民約論)을 정독하 는 동안 그 저서에 흘러 넘치는 민주주의적 정신에 자기의 사상체계를 세우게 되어 '루쏘'의 저서면 무어든지 탐독하던 중에 '신에로이즈'란 소설까지 읽게 되었다. 법학을 공부하 면서 항상 사회제도에 대한 관심을 많이 가진 그는 때로는 이 '신에로이즈'에 쓰여진 자연주의에 도취하 (원문에서 글자판독 불가능) 하는 공상도 하여 본 일이 한 두 번이 아니었다. 더구나 지금의 옥야 천리 넓은 들이 대자연의 새 향기를 뿜고 칠월 염천에 힘찬 자연미를 바라볼 때 영철은 "자연으로 돌아가 라!"

하고 다시 외치고 싶었다.

"흙과 풀과 나무로 된 산! 오곡이 살찐 넓은 들! 이밖에 세 상에 무에 있느냐?"

(하늘을 찌를 듯 높은 당탑이 신(神)과 인간을 한데로 몰아 넣고 신외 궁전(宮殿과 시민의 주택이 아무 구별 없이 부패 된 이 세상! 이것은 결국 시대적 추이의 변화라 하더라도 어떻든 자연미를 손상하 는 건 큰 일이야)

그는 다시 이렇게 외치고도 싶었다. 아침 해가 동산의 구 름을 헤치고 솟아 오른다. 불덩어리같이 뻘건 해가 낮에 보 는 원보다는 훨씬 더

크게 산모퉁이로 솟아 오르자 대자연 은 한층 더 활기를 얻은 것 같이 생기가 돈다. 푸른 풀잎에 깃들인 이슬 방울이 구슬인 듯 영롱하게 빛나고 새 순 돋은 나무가지엔 노란 싹이 하느적거리고 있다.

"아침이다!"

영철은 동편을 향해 심호흡을 크게 서너번하고 다시 시냇 가로 발길 을 옮기었다.

비온 뒤 시냇물은 더 줄기차게 내려가건만 원래 그리많지 않던 물이 라 수심은 깊지 않은 양 징검다리 옆에서는 빨래 하는 아낙네의 방망이 가 칠색 무지개를 피우면서 오르내리 고 있다. 영철은 돌자갈을 밟으며 시냇가로 발걸음을 천천 히 흐트리고 있었다.

"나오셨에요?"

몇 발자국 가지 않아서 어떤 여자의 목소리가 숙이고 가던 영철의 머리를 들게 하였다. 그것은 아침 볕에 더한층 명랑 해 보이는 소희의 목소리였다.

"일찍 나오셨군요."

영철도 마주 인사하며 방그레 웃음 띈 소희의 얼굴을 미소 로서 바라보았다.

"혼자 나오셨어요?"

처음 만난 사람같이 수줍은 티로 들릴 듯 말 듯 가늘게 말 하는 소희 앞으로 영철은 몇 발자국 가까이 다가서서 "네, 저 혼자 뒷산 기슭을 한번 돌아 오던 길입니다. 참 오래간 만에 보는 시골 아침은 퍽 좋은데요."

"너무 단조하죠 뭐!"

"자연미란 원래 단조한게지요, 그렇지만 예술과 과학의 힘 을 빌어 꾸며진, 말하자면 인공적 자연에는 싫증이 나요!"

"그래두 어여쁘게 단장한 문화촌이 좋지 않아요?"

"아닙니다. 그건 너무도 현대인이 갖는 문화병입니다. 자 보십시오, 이 옥야천리 넓은 들이 예와 같이 벼포기, 조그 루, 수숫대, 밀보리 밭이 아니요 또 저 산에 푸른 솔, 자연 히 돋은 잡초가 우거지지 않았다면 이 마을의 생명이 어디 있겠어요. 냇가에 한가히 풀뜯는 소와 목동의 노랫가락이며 바구니 든 나물 캐는 색시의 그 원시적인 목가가 흘러 나오 지 않는다면 이 농촌의 특징이 어디 있겠어요 저는 점점 기계문명 과 과학의 힘 때문에 쓰러져 가는 옛 모양이 퍽은 아까워요. 그러기 때문에 저는 철두철미 과학문명의 반역자 입니다!"

"어쩌면!"

"그럼 소희씨는 과학문명의 찬미자십니까? 신의 궁전과 시 민의 주택 이 한데 붙어 있고, 나중에는 그 신의 궁전에 사 람이 사는 이 현대문명 을 소희씨는 좋다고 생각하십니까?"

"호호."

소희는 그저 무의식적으로 웃어버렸다. 그것은 그 주장에 대한 반대 도 긍정도 아무 것도 아니었다.

"저는 사상적으로 절대 민주주의자요. 이상적으로는 자연을 사랑하 는 자연주의자입니다."

영철은 책에서 얻은 지식을 모조리 털어 놓아 가지고 무슨 웅변이나 토하듯이 소희 앞에서 떠들었다. 한참 동안이나 열변을 토하던 영철은 문득 시냇물이 소리를 내어 아침 햇 빛을 받아 싣고 은빛인 듯 금빛인 듯 흘러 흘러 가는 곳으 로 눈을 보내었다. 물은 여울을 지나고 굽이를 돌아 흐르고 흘러 그 칠 줄 모른다.

더구나 어렸을 때부터 한문 공부를 한 그에게는 소동파(蘇 東波)의 장 강의 무궁함을 부러워하며(羨長江之無窮) 내 일 생이 잠깐인 걸 슬퍼한다(哀吾生之須臾)는 적벽부 한 토막이 생각나서 갑자기 흐르는 물로 보낸 눈에는 우울한 철학적 심각미가 아지 못하게 영철의 안계를 흐리게 하였다.

"사람은 결국 죽는 것이지만 저 물을 보면 더 한층 일생이 부질없어져요!"

화제가 확실히 바꾸어진 영철의 말은 어조조차 달라졌다.

"영혼 불멸의 예수의 정신으로 인생의 죽음을 보고 불타의 회기설로써 인생의 최후를 해석한다면 결국 인생은 끝없는 생의 연장으로 볼 것이지만 인생은 저 곤곤히 흘러가는 유 수의 끝없는 연장과는 다르니깐요. 결국 죽음으로써 인생의 일생은 끝막는 게니깐 산 동안 무어든지

(원문에서 글자판독 불가능)

"............................."

소희는 급작스레 자연 예찬에서 인생의 생사 문제를 논하 는 영철의 모양을 멍하니 보고만 있다.

"어떻게 생각하십니까?"

"............................."

아침 예배당 종소리가 은은히 한가한 마을의 아침 시냇가 로 흘러
왔다.

三

아침 종소리를 따라 예배를 보러 온 소희는 기도시가니 되 자 땅에
엎드린채 아까 말하던 영철이의 모순된 이원적 종 교 해석에 대하여
이리 저리 생각하고 있었다.

결국 영철이가 원시적 자연미를 예찬한다는 것은 그 신비 로운 종교
세계를 또한 잊을 수 없다는 것일 터인데 사람이 죽어서 천당을 가
영생을 얻는 것을 부정하는 것을 보면 확 실히 그 말에 모순이 있는
것 같았다. 그러나 소희는 오래 엎드려 그것만을 생각할 여유가 없었다.
그것은 기도의 뒤 를 이어 목사의 성경 낭독이 시작된 때문이다.

"예수 가라사대 내가 곧 길이오, 진리오, 생명이니, 나로 말미암아
아니하면 아버지께로 올 사람이 없으리라."

목사는 정중하게 요한복음 십사장 제 육절을 읽는다.

소희는 어려서부터 종교 세계에서 자라났기 때문에 이 마 을에선
누구보다도 성경에 대한 지식이 해박하였으므로 이 런 시골 목사의
넋두리 같은 지리한 설교가 귀에 들어오지 않았던 것이언만 오늘은
웬 셈인지 유달리도 그 말이 귀에 새로운 자극을 주어 다시금 목사의
설교에 정신이 긴장되었 다.

(그래, 참, 하느님을 믿지 않아서야 되나.....)

둥근 눈을 깜박이며 강단 위에 선 목사의 얼굴을 말끄러미 치어다보고 있던 소희는 다시

(그래 목사님의 말이 옳아! 어쩌면 영철씨는 영혼불멸의 예 수님의 진리를 부정할까? 어쩌면 그렇게 인생은 일생 뿐이 라 할까?)

믿음직하던 영철이가 어째서 조금 경박한 것같이 생각이 되었다. 그러나 그의 늠름한 몸, 조리있는 말, 해박한 지식 (소희게는 적어도 그렇게 생각 되었다)에 위압을 느낀 소희 는 감히 그를 경박한 청년의 언동이라고는 생각하기 어려웠 다. 그렇지만 그의 종교생활에 젖은 몸은 영철의 말이 끝 없이 거슬리었다. 때마침 백 심 구장 찬미 소리가 그 싸움 에서 소희를 건져 내었다.

내주는 강한 성이요
방패와 병기 되시니
큰 환난에서 우리를
늘 구원하여 주시리
옛 원수 마귀는
이 때에 힘을 써
궤휼과 권세로
제 군기 삼으나
주 권능 당치 못하리
....

....

....

　찬미가는 풍금 소리에 맞춰 거룩하게 온 교회당을 울려 저 멀리 하늘 끝으로 흘러가는 것 같다. 더구나 제삼절에

　저 마귀 두루 다니며
　온 백성 핍박하여도
　겁내지 말고 싸워라
　주말쌈 성공하겠네
　친척과 재물과
　명예와 생명을
　원수가 취해도
　진리는 살아서
　그 나라 영영 있도다

　를 부를 때는 소희는 자기도 모르게 긴장된 기분으로 소리 를 높여 불렀다. 그리 크지도 않은 교회당 안은 합창된 이 거룩한 찬송가 속에 저 하늘 가 높은 천당으로 멀리 멀리 떠나가는 듯도 하였다.
　예배가 끝난 다음 소희는 이상히도 흥분되는 정신으로 하 숙집을 향해 걸어 오다가 문득 어제 학교에서 가지고 나올 시험답안 남은 한 뭉텅이를 가져와야겠다는 생각으로 학교 편으로 방향을 고치었다.

마을 뒷산 아래 지은 이 보통학교 가는 길에는 포푸라 가로수가 우거지고 그 기름진 녹음 새 에서는 매미 우는 소리가 요란스러이 들려 나왔다. 한적한 오후의 넓은 길엔 사람의 왕래조차 없었다.

소희가 녹음을 헤치고 교문 가까이 발길을 옮기었을 때 교 정으로부터 나오는 한쌍 남녀의 모양이 눈 앞에 어른거리었 다. 그것은 다시 보지 않아도 영숙이와 준걸이가 분명하였 다. 준걸은 소희 있는 학교의 남교원이다.

"소희 이거 웬 일야."

(원문에서 글자판독 불가능) 을 보인 듯 다소 당황해 하는 빛이 있었다. 그런 중에도 준걸의 얼굴은 흙빛으로 파랗게 질리어 어쩔 줄을 모르는 것이 더 한층 명백하게 보이었다.

"산보 왔어?"

소희의 가슴에도 이상한 물결이 뭉클했지만 새침스럽게 영 숙이 편을 보고는 다시 준걸이 편으로 얼굴을 돌려 "오늘 어디 안 가셨어요?" 하고 낚시질 좋아하는 준걸의 아래 위 모양을 훑어 보았다.

"네, 저어....."

변명할 수 없는 죄를 지은 듯 마치 사실 아닌 사실을 외면 적으로 잘못 보인 듯이 준걸의 모양은 소희게 퍽도 어색하 게 보이었다. 소희는 서로 이 어색한 순간을 깨쳐 버리려는 듯이

"시험성적 고사가 밀려서..... 자 그럼 실례하겠어요." 하고 그들에게 목례를 하는 듯 마는 듯 사뿐사뿐 발길을 돌층계 로 올려 놓았다.

그들은 멍하니 올라가는 소희의 뒷모양을 바라보고 있다가 다시

나란히 걷기 시작했다.

"왜 무에 미한한 게 있어요?"

(원문에서 글자판독 불가능)

"참 웃어 죽겠네. 소희게 무슨 죄를 지셨어요?"

"아니요, 천만에."

"그럼 왜그리 어쩔 줄을 몰라 하서요?"

영숙은 준걸의 태도에 약간 모욕적 감정을 느끼어 짜증난 말소리로 외쳤다. 생각하면 그가 자기게 사랑한다고는 말한 적이 없지마는 말없는 사이라도 자기를 사랑하고 있을 사이 거든 딴 여성을 만나 정정당당한 태도를 취하지 못하고 아 주 힘없이 어쩔 줄을 몰라 하는 것은 아무리 선의로 해석한 다 하더라도 괘씸하기 짝이 없었다.

(학교도 하나 똑똑히 졸업을 못하고 독학을 했으니!)

하고 영숙은 대번에 그를 경멸하는 태도로 혼자 중얼거리 고는

(사내가 원체 쑥이거든)

하고 다시 속으로 그를 욕하였다. 자기는 전문학교 이년생, 비록 공부는 잘하지 못하고 인물도 그리 아름답지는 못하지 만 준걸이 같은 독학으로 겨우 보통학교 훈도 밖에 못 되는 사내와 연애를 하고 있는 처지를 생각하면 다른 한 여성, 더구나 자기보다 돈으로나 학식으로 보아서 훨씬 떨어지는 소희를 만나 그같이 굴욕적으로 자기 앞에서 추태를 보인다 는 것은 아무래도 참을 수 없는 모욕이었다.

원래 남성을 한 개의 노리개로 생각하는 영숙에게 있어서 연애는 한낱 향락으로 밖에 해석치 않기 때문에 순간적 쾌 락을 느끼기 위해

준걸이 같은 사내를 방학때만 일시적으로 사랑하는 터이니깐 그에게 버림을 당한대야 조금도 마음 아 플 곳은 없지만 이런 경우에 자기의 참된 정성으로서 사랑 하는 태도를 남에게 보여주지 않는 것은 참을 수 없이 분하 였다.

"어쩌면 남자가 그 모양이야요?"

"뭐요?"

"글세 남을 모욕하잖어요?"

"천만에요!"

"그럼 당신은 그것을 내게 모욕되는 거라구 생각지 않아 요?"

"그럴 리가 있어요?"

준걸은 비굴스럽게 변명하였다.

"당신은 제가 퍽도 싫은가봐요!"

"그럴 리가 있나요."

"어떻든 말씀을 똑똑히 하세요. 싫다는 당신을 따라 다닐 제가 아냐요 호호호 참!"

영숙의 빈정대는 웃음소리에 준걸은 가슴에서 끓어 올라오 는 모욕된 감정을 그대로 말하고 싶었지만 그에게는 그렇게 말할 용기가 없었다. 천대와 굴욕에서 자란 그 가슴에서 참 는다는 힘이 너무도 뿌리 깊이 박혀있기 때문에 그는 아무 말도 하지 못하고 힘 없는 발길을 기계적으로 옮기고만 있 었다.

"자! 앉으시죠!"

은행나무 있는 그늘 잔디밭 위에 그들은 침묵 속에 나란히 앉게 되었다.

"소희를 사랑하시죠!"

"네?"

"소희를 잊을 수는 없지요?"

이 한 마디 말은 준결에게는 너무도 아픈 말이었다. 지금 도 소희의 모양을 가슴속 깊이 생각하면서 영숙이 때문에 소희가 혹시 오해하고 있지나 않을까 하고 혼자 고민하고 있는 이 순간 영숙이의 자기속을 다 들여다 본 듯한 이 말 한마디는 준결의 심장을 바늘 끝으로 찌르는 듯 너무도 아 프고 쓰리었다.

"너무 저를 괴롭히지 마세요!"

"뭐요?"

"............................."

"괴롭히지 말라고요?"

"............................."

(원문에서 글자판독 불가능) 뜻아닌 영숙오빠가 걸어오고 있었다.

"오빠 웬 일이야?"

"은행나무가 그리워서....."

"아이참 오빠두!"

"왜 지나간 소학교 시절을 한번 그려보는 것두 좋잖어."

"오셨습니까? 참 벌서 한번 찾아 뵐 것을!"

준결이는 구원이나 된 듯이 자리에서 일어서며 인사를 하 였다.

"녜 도려 미한합니다. 안녕히 계셨어요?"

영철은 손을 내밀어 굳은 악수를 하고 나서 "예배당에는 가잖었니?" 하고 영숙이편을 바라보았다.

"갔다 왔어요."

그것은 거짓말이었다.

"소희씨도 가섰든?"

"......................."

영숙은 얼굴이 화끈하여짐을 느끼지 않을 수 없었다.

四

칠월 스무 사흘날!

소희와 준결은 경성행 열차 삼등실 한 모퉁이에 나란 (원문에서 글자 판독 불가능) 이다. 처음 소희는 이 여름을 영숙이 남매와 같이 어느고 요한 절간에서 보내기로 한 것을 돌연히 내린 학교명령을 거역할 수 없어 예정을 변경하여 이길을 떠나온 것이다. 더 구나 동행이 준결이 이니 처음 떠날 때엔 여러 가지로 마음 이 괴롭기도 하였다.

첫째로 영철을 떠나가기가 싫은 것 - 이것은 자기도 모르 게 한 열흘 동안에 변한 자기 심경이었다. - 둘째로는 준결 이와 같이 추근추근 따르는 남자와 동무해서 먼길을 동행한 다는 것이다.

그러나 참을성 많은 소희는 그것도 꾹 참고 오히려 많은 교원들 중에서 선발되어 가는 그들을 부러워하는데 만족을 느낀 듯이 고요한 웃음 속에 그 마을을 떠나고 말았다. 이 런 반면 소희와 동행하게 된 준걸은 이 길이 여러 가지로 기뻤다. 첫째는 자기가 사모하는 소희와 같이 기자를 타고 먼 길을 갈 수가 있다는 것, 둘째는 자기자격을 믿지도 않 을뿐더러 또 어쩐지 자기도 싫은 영숙이의 세계를 떠나 자 유로운 몸이 될 수 있다는 것, 셋째는 이 길에 소희와 깊은 인연이나 맺을 수 있을까 하는 실낱같은 희망이었다.

두 사람은 각기 다른 감정에서 한자리에 앉아 한길을 떠나 차창에 전개되는 새로운 경치에 혹은 놀라고 혹은 기뻐하였 다.

"다음이 용산이죠?"

한강철교를 차가 지나갈 때 푸른 물이 굽이쳐 흐르는 강물 을 내려다 보며 준걸이가 말하자 소희는 그말을 들은 체도 않고 작년 봄 이 길을 떠나던 생각에 감회가 깊어 "아! 저 뽀오트!" 하고 혼자 고요히 외쳤다. 푸른 물위에는 남녀를 실은 보오트가 저녁 놀 흔들리는 물결 위에 점점이 떠 있는 것이 퍽 나어린 소희의 가슴에 안타까운 추억을 더듬어 일 으켰다.

(시골 구석에 틀어박혀 이제는 늙는구나!)

이렇게 생각하니 소희는 다시 자기 자신이 시골 무지렁이 가 되는 것 같아서 아득한 실망의 세계에 잠기어 버리는 듯 도 하였다. 생각하면 서울 있는 사람이 한강에 나아가 보오 트를 타는 것쯤은 그리 어려운 일이 아니 것만 지나간날 학 생시대를 추억하는 어린 처녀로서 더구나 시골 구석에서 몇 해에 한번이나 볼까말까한 처지에 있는 몸으로서는 다시 보 는 이 풍경이 힘차게 가슴 속에 동요를 일으키지 않을 수 없는 것임은 물론이다.

"왜 몸이 편치 않으서요?"

"·····················"

소희는 대답도 없이 열어 놓은 차창으로 불어 들어오는 한 강의 시원한 바람을 얼굴로 받으며 검푸른 물결에 흐르는 보오트에 한가히 떠있는 흰 돛단배를 바라보았다.

차는 어느덧 철교도 지나고 용산역도 잠깐 들렀다가 경성 역에 닿는다.

"서울 서울, 십 오분 정차."

역부근의 외치는 소리가 높다. 내리는 사람, 마중 나온 사 람, 플랫트폼은 문자 그대로 인산인해를 이루어 사람찾는 소리, 인사하는 소리로 와글와글 끝없이 혼잡하다.

소희는 준걸이와 같이 차에서 내리었다. 마치 정다운 부부 와도 같이.

그리하여 지정여관 깃발을 찾아 들어 전차로 황금정오정목 에 있는 어느 조그마한 여관으로 들어가게 되었다.

五

영철은 소희가 떠난 뒤 나날이 초조해지는 자기의 심경이 이상히도 더한층 긴장해짐을 자기 스스로 느끼게 되었다.

그것은 소희가 멀리 서울의 외로운 객사에서 이 더운 여름 에 혹야

병이나 나지 않았나 혹은 무슨 실수가 있지 (원문에서 글자판독 불가능) 었다. 더구나 영철은 소희가 떠나기 전날 자기와 시내 건 너 논둑에 낮아 달빛 흐르는 여름밤을 거의 새워가며 이야 기하던 것이 생각되어 더한층 가슴이 타올랐다.

"저는 처음 정거장에서 선생님을 뵈었을 때 웬심인지 가슴 이 뭉클했었요."

"왜?"

"그건 저두 모르죠 머....."

"그래 나두 참말 소희씨를 일년만에 처음 볼 때 어쩌면 그 동안에 그렇게두 이뻐졌을까 하구 퍽 놀랬어요. 그리구 집 으로 걸어 들어올 때며 집에 와서 소희씨가 건넌방에 있을 때며 또 마루로 나와가지구 뒤로 돌아서 갈 때에 참말 나는 눈하나 깜박하지 않고 긴장된 눈초리로 바라 봤지요."

"아이참 그러면 저는 퍽두 흉잡혔겠네!"

"누가 흉잡으려구 바라봤나뇨?"

"그럼 왜 그렇게두 자세히 보셨어요?"

"너무도 이뻐서!"

"아이 거짓말만 하세요!"

"왜 거짓말요. 그럼 소희씨두 정거장에서 저를 보구 가슴이 뭉클했다 는 건 거짓말야요!"

"그렇지만 남자는!"

"소희씨?"

영철은 다시 정색하고 불렀다.

"녜?"

"그게 참말입니까?"

"뭐요?"

"남자는? 그럼 거짓말쟁이란 말야요?"

"그런 이가 많은가봐요....."

"그래두 저까지?"

"그건 그렇잖겠지만....."

"소희씬 참으로 저를 믿어주십시오. 저는 맑은 양심으로 소 희씨를 사랑합니다. 저는 처음에 소희씨에게 지나온 과거를 들었을 때 너무도 가슴 깊이 소희씨를 동정했어요. 어려서 부모를 여의고 천애의 고아로 된 몸이 동서남북으로 유리하면서도 꾸준히 공부를 계속한 그 열의와 굳은 의지를 무엇 보다 귀히 생각했지요. 그래 한 가지는 그 환경에 대한 동 정 한 가지는 그 불행한 환경에서 꾸준히 투쟁해 나온 그 열의와 인내심에 감복했어요. 그러기 때문에 저는 결코 소 희씨의 어여쁜 얼굴에 일시 취한 미친 나비가 아님을 믿어 주십시오....."

"소희씨!"

"녜?"

소희의 말 소리는 떨리는 듯 그러나 힘있게 들렸다.

"소희씨?"

"녜?"

"저는 진정으로 소희씨를 사랑하고 아낍니다."

"...................."

"소희씨 그것만은 믿어 주십시오. 오늘날까지 제가 결혼하 지 않은 것두 소희씨같은 현숙한 그리고 어여쁜 아내를 맞 이라는 내 행복된 운명인가봐요!"

"...................."

"소희씨?"

"녜?"

"왜 대답이 없어요? 소희씨는 자꾸 소희씨가 가난한 사람 이래서 그리구 나는 돈 있는 사람이래서 그런 세상에 흔한 공식적 이론을 믿으시구 제가 일시 소희씨를 속이는 악만줄 만 아시지만 글세 그런게 아니래두 그래요."

"아-니요..... 저두 그렇게 믿지는 않아요."

"그러면 왜 제게 믿음직한 말씀을 해주지 않으십니까?"

"...................."

시냇물 소리가 고요히 달밝은 이밤 멀리서 처량히도 들려 온다. 논두 렁의 맹꽁이 소리가 정적에 싸인 이 들에 요란히 들려 짙어가는 밤 공기를 흔들고 있다.

상현달은 은실을 흘리며 서편 하늘에 기울고 이슬 내린 밤 공기는 습기를 띠고 포근히 그들의 입은 옷을 적시고 있다.

"소희씨?"

"녜?"

"저 어머님께 말씀 드릴테야요!"

"뭘요?"

"우리들 약혼하겠다구!"

"온 천만에요. 그건 그건 안돼요."

"왜요?"

"그건 선생님의 행복을 위해서 안된 일이야요!"

"왜요?"

"가난한 사람은 결국 가난한 사람만이 이해할 수 있어요!

저는 참으로 선생님을 존경하구 선생님을 사랑해요. 그렇지 만 저는 선생님과 연애를 한다거나 결혼을 한다는건 벌써 단념했어요!"

"그건 무슨 말씀입니까?"

"사실 저는 여러 가지로 많은 도움을 받은 선생님이나 선 생님댁의 은혜를 평생을 두구 잊지 못해요. 그렇지만 돈 있 는 사람과 가난한 사람은 나면서부터 그 한계가 다른 것이 니깐 결혼만은....."

"아니요. 그이를 의지가 굳은 청년으로 존경은 해두 사랑을 하거나 결혼을 하기에는 저와 너무도 성격이 맞지 않아요."

"그럼 참말루 소희씨는 저를 가까이 하지 않으시렵니까?"

"의식적으로 멀리하려구 생각해요. 만일 사랑의 꽃이 피는 날 저는 선생님을 불행하게 만들게 될테니깐요."

"그건 잘못이죠. 성격이 안맞거나 저를 이해할 수 없다면 몰라두 내가 좋은 환경에 있구 소희씨가 불행한 환경에서 자랐다구 사랑할 수 없다는건 이해할 수 없는 말야요!"

"................................"

영철은 끝끝내 소희가 자기 와는 결혼할 수 없다는 말을 하면서도 그 젖은 듯한 검은 눈동자로 환히 비취는 달빛 아 래서 자기 얼굴을 말끄러미 치어다보며 방그레 웃음짓는 것 을 보고는 그만 말할 수 없는 욕정에 불타올라 두 팔을 훨 짝 버리고 소희 편으로 달려들어 허리를 끼어 안으려고 하 였다. 그러나 그 순간 소희는 날쌔게 몸을 일으켜 영철을 피하여 달음박질을 쳐버리고 말았다. 영철은 거기까지 생각 하자 얼굴이 갑자기 화끈 달아 오름을 자기 스스로 느끼었 다.

(원문에서 글자판독 불가능) 가? 그 때문에 이번에두 같이 서울을 간게 아닐까?) 하고 가지가지 생각에 어쩔 줄을 모르고 있다가 다시 정신을 수습하려는 듯 영철은 마루에서 벌떡 일어났다.

발병

—

　일주일이 지난 뒤 영철은 안타가운 연정을 참을 길이 없어 서울로 급기야 올라오고 말았다.

　그동안 소희게서는 거의 날마다 장문의 편지가 와서 불타 는 영철의 가슴 속에 몇방울 물이 되어 포근히 적셔주기도 했지만 그것만으로는 도저히 영철의 가슴 속에 끓는 불을 꺼버릴 수는 없었다. 더구나 그 추근추근한 준걸이와 지정 여관에 같이 있다는 소식을 들은 영철은 그가 혹시 그 동안 어떻게 소희를 유혹하지나 않나 하는 의심에서 어머니의 만 류함도 듣지 않고 졸업논문 준비를 해야 한다는 핑계로 집 을 떠나버리고 말았다.

　영철은 경성역에 내리자 바로 소희가 유숙하고 있다는 여 관으로 택시를 몰았다. 급한 일이나 있는 듯 숨급히 ××여 관에 발길을 들여논 영철은 하녀가 인도하는 대로 소희 방 문을 노크하였다.

"들어오시죠."

소리를 따라 문을 열고 방안에 들어서니 뜻밖에 소희는 자 리에 누워있고 그옆에 준걸이가 얼음 주머니를 만져주고 있 다.

"웬 일이서요?"

영철은 깜짝 놀라 소희 편으로 다가섰다.

"아니 이게 웬 일이야요."

소희는 창백한 얼굴에 그나마 미소를 띄고 힘없이 영철을 쳐다봤다.

"난 급한 일이 있어 잠깐 다니러 왔지만 대체 이게 웬일입 니까?"

"어젯밤부터 감기가 들었는지 기침을 하구 아주 기력이 퍽 쇠약했어 요!"

준걸이가 옆에서 대답했다.

"의사가 왔었어요?"

"녜 왔었는데 감기가 들구 기관지에 염증이 있다구 또 폐 첨이 나쁘대 나요!"

"그거 큰일이군요! 그럼 자리를 옮겨야겠는데요." 하고 영 철이는 급자기 하녀를 불러 택시 하나를 부르게 했다. 그리 고는 곧 소희를 자리에서 곱게 일으켜 가지고 의전병원으로 옮기었다. 영철이는 그전 부터 알던 의사에게 특청을 해서 순번을 바꾸어 진찰을 속히 받고 우선 두어 주일 입원을 시 킨 뒤에 경과를 보자는 의사말대로 즉시 소희를 동남 향한 아담한 일등병실에 옮겨 눕혔다. 그리고는 '면회 일체 사절 주치의' 란 것까지 흰 종이로 병실문 앞에 써 붙이었다. 첫 째 그것은 병자의 안정을 위함도 되지만 그것보다도 영철은 그

보기 싫은 준걸이를 병실에 들이지 말자는 계획이 그 하 나였다.

(너무 그이게 미안을 끼쳐 어쩌나?) 하는 생각에 침대에 누 운 소희는 열높은 머리가 더한층 어지러웠으나 그러나 준걸 이가 옆에 있는 것보다 영철이가 하루 한번이라도 볼 수 있 다는 것이 무엇보다도 소희의 마음을 기쁘게 하였다.

二

바쁜 일로 왔다니까 하루에 한번이나 볼 수가 있을까 하던 영철이가 아침에 왔다가는 저녁때야 돌아가고 저녁후에 왔 다가는 아홉점 종이 울어야 돌아가는 것을 볼 때 외로이 자 란 소희 마음엔 세상에 그렇게도 친절한 영철이 하나 밖에 도시 사람이 없는 것같이 생각되었다.

"볼일을 보서야죠."

하고 미안한 듯이 영철에게 말하면 "괜찮어요. 전화로 대개 교섭을 하니깐요! 염려마시구 병이나 나으서요!"

하고 걱정스런 얼굴로 소희를 바라보았다.

(그 눈, 그 코, 그 입, 어쩌면 그렇게도 다정할까? 어쩌면 그렇게 인자할까?)

(저이와 살면 이렇게 위안을 받을 수 있겠지? 저이와 살면 행복스러울 것 뿐이겠지?)

소희는 말끄러미 영철을 다시 한번 치어다 보았다.

"..........................."

"..........................."

"그런데 강습은 끝마쳤어요?"

영철의 눈이 소희의 불타는 얼굴을 마주 바라보았다.

"녜 바로 강습이 끝나는 날 그렇게도 무덥더니 골치가 쑤 시구 기침이 나구 그리구 열이 올르구 머리가 횡해지겠죠.

그래서 그날 바로 내려 가려던 끝에 그 모양이 됐어요!"

"참 준걸군이 퍽 애썼지요."

"녜 아무두 아는 사람이 없으니깐 그이가 의사두 데려오구 얼음두 사오구 했죠. 그런데 그인 내려갔어요?"

"아까두 내 여관에 왔더군요. 면회사절이라니깐 병실엔 못 들어 갔다면서 경과가 어떠냐구 묻겠지요!"

영철은 그 말을 퍽 업신 여기는 태도로 말했다. 그러나 그 순간 소희는 가슴 속이 갑자기 지리해짐을 느끼었다. 그 솔 직하고 인내심 많은 준걸이, 사람의 괴로움을 자기 괴로움 으로 알고 어느 때나 상대편의 기분 여하에 움직이지 않고 오직 제 신념으로만 행동하는 그이를 생각할 때, 비록 영철 이의 이 모든 것이 끝없이 감사하기는 하지마는 어쩐지 거 기는 한 개의 허위가 있는 것같이 생각이 되었다.

하나를 비단 이불에 싸인 허수아비라면 하나는 무명에 싼 보화와 같이도 생각되었다.

(결국 가난한 사람이 가난한 이의 심정을 아는게야!)

하고 혼자 가볍게 한숨까지 지었다.

(자기는 드나들면서 왜 준걸은 못 들어오게 한담? 누가 입 원 시키랬나?)

이렇게 반감이 솟아 오르기도 했다.

(말루는 민주주의니 평등주의니 떠들면서두 가난한 사람 지위 없는 사람을 업수히 여기구!)

소희는 아까 그렇게도 정에 넘치게 생각되던 영철의 얼굴 이 급작스러이 간사스럽고 얄미운 사내로 보이기까지 했다.

"나 저 내일쯤 퇴원하겠어요!"

소희는 무엇을 결심한 듯이 영철에게 토라진 태도로 말을 했다. 영철은 깜짝 놀라

"그게 무슨 말씀입니까. 적어도 두주일은 있어야 한다는 데!"

하고 소희 얼굴을 뚫어질 듯이 바라본다.

"몸도 괜찬은 것같구 또 너무 미안해서요!"

"괜찮어요. 몸이 나으서야죠. 염려 마세요."

영철은 호기 있게 말을 한다.

그러나 소희는 시골로 내려가 누워있는 게 차라리 무더운 이 병실에 누워 있는 것보다 낫겠다고 생각되었다. 시내가 흐르고 들숲이 있는 시골 신선한 공기를 쏘이면서 걸어 다 니면 곧 나을 것도 같았다.

三

며칠 지난 어느날 순회하는 간호부가 편지 한 장을 소희에 게 던져 주고 갔다. 뜯어보니 그것은 뜻밖에 준걸이가 보낸 글발이었다.

  '사랑하옵는 소희씨에게!
  ××여관에서 병원으로 옮아 가신 뒤에 저는 혼자 여관방에 누워서 소희씨를 그리며 애타는 가슴만 쥐어뜯고 있었습니 다. 돈의 권세가 그렇게도 클까? 돈은 그렇게도 사람을 살 수 있고 감금할 수도 있을까 하고 혼자 고민 했나이다. 소 희씨 병은 약이나 쓰시면서 시골 가서 정양만 잘 하면 나을 수 있는 것인데도 불구하고 부랴부랴 병원에 입원을 시키고 면회조차 일체 금지하고 이 더운 여름에 침대 위에 땀 흘린 몸을 꼼짝도 못하게 눕혀 두었으니 결국 이것은 첫째 돈있 는 자랑이오 둘째론 병을 치료한다는 것보다 소희씨를 감금 하자는 영철이의 계획 밖에 아무것도 아닌 것입니다. 이것 을 생각할 때 저는 돈 없는 권력 없는 비탄속에 그날 밤을 혼자 끝없이 고민하고 있으면서 농중조같은 소희씨를 도리 어 가엾이 생각했나이다. 사랑은 순정의 발로로써 두 개 성 이 참된 애정으로 결합해야 할 것이어늘 영철군은 소희 씨를 돈으로 사려는 것 밖에 아무것도 아닙니다. 저는 결코 영철 군을 중상함으로서 소희씨를 어떻게 해보자는 수단으로 이 글을 쓰는 것은 아닙니다. 저는 소희씨를 어떻게 할 힘도 용기도 아무 것도 없는 사람입니다. 그저 소희씨야 좋아하든 싫어하든 오직 내 가슴속에 뿌리박힌 소희씨께 대한 참된 사랑을 끊을 수 없다

는 것만을 고백할 뿐입니다.

　아뭏든 기왕 입원을 한 이상 몸조리나 잘 하셔서 하루 바 삐 돌아오시기만 바랍니다. 뵈옵고 떠나고도 싶었사오나 '면 회일체사절'이란 주치의의 어마어마한 계시를 보 (원문에서 글자판독 불가능) 니다. 부디 건강이 속히 회복되기만 바라고 이만 붓을 던지나이다.

　경성을 떠나면서 준 걸 상 서' 편지를 다 읽고난 소희는 더욱 자기 자신이 무엇에 팔린 더러운 몸 같아서 벌떡 침대에서 일어나 버리고 말았다. 그 러나 머리가 아찔한게 정신이 팽그르르 돌아 부지해 앉았을 수가 없다. 소희는 어지러운 정신을 어쩔 수 없어 다시 힘 없는 팔을 짚고 자리에 누웠다.

　그리고는 손아귀에 쥐었던 준걸이의 편지를 되 펴보았다.

　역시 준걸의 말에는 진리가 있는 것 같다.

　(옳아! 영철이가 거짓이야. 나를 어쩌자는 수단이야. 그 논 둑에서 봐! 어쩌면 막 끌어안으려구 하구!)

　새삼스럽게 소희 머리엔 영철이가 비열한 사내로 변하는 순간 준걸의 그 고지식한 모양이 믿음직하게 생각되었다.

　(내가 준걸의 아내는 될 수 있어도 영철의 아내는 될 수가 없어! 뭐 내가 못될거야 없지만도 만일 영철이의 (원문에서 글자판독 불가능) 으로 나를 업신여길 수가 있겠거든! 그렇지만 준걸의 아내 가 된다면 그이가 무엇으로 보나 나를 업신 여길 수는 없을 게 아냐. 더구나 그는

그저 직선으로 나가는 솔직한 사내거 든!)

소희는 혼자 영철과 준걸을 요리조리 저울대질 해 보았다.

그리고는 (영철이가 오면 내일 퇴원하고 시골로 간다구 할 테야!) 하고 소희는 까만 눈을 깜짝거리면서 영철이 오기만 기다리고 있었다. 그러나 웬 셈인지 그날 밤 영철은 오지 않았다.

이틀째 되는 날도 영철은 오질 않았다.

"웬 심인가?" 하고 소희는 머리를 갸웃둥거리며 생각해 보 았다. 그러나 영철의 생활을 모르는 소희로서는 어떻게 상 상해 볼 수조차 없었다.

그런데 사흘째 되는 날 아침에야 겨우 영철에게서 엽서 한 장이 날아왔다.

거긴 급한 일이 있어서 며칠 동안 평양 방면을 다녀온다는 것이었다.

기다리던 끝이라 (어쩌면 병든 사람을 두고 어딜 갔누?) 하 고 원망도 해보았다. 그러나 참는 마음이 굳센 소희로는 그 것도 한순간 그 담부터 는 입을 꼭 다물고 눈을 감은 채 혼 자 침대 위에서 꼼짝도 않고 누워 있었다.

마음이 괴로워서 그랬는지 날씨가 무더웠던 탓인지 그날 오후부터 이상하게 열이 오르기 시작했다. 삼십 구도 사부 에서 체열은 떨어질 줄 모르고 소희의 몸을 달달 볶아 놓는 다. 갑자기 변한 용태에 깜짝 놀란 순회 간호부는 허둥지둥 담임 의사를 불러 '펙톨'주사를 놓고 머리에 빙낭을 대고 응 급 수단을 다 했으나 밤이 되어도 열은 내리지 않았다.

(아 세상에 사람이 이같이도 없을까? 아무리 천애의 고아 로 태어났기로니 병들어 누워있는 사람에게 돈 주고 삼 사 람 하나 밖에 없단 말인가?)

소희는 헛소리 같이 부르짖었다. 그러나 망사들창을 통해 산산히 스며드는 새벽 바람만 이불을 어루만질 뿐 간호원도 옆에서 쿨쿨 잠만 들어 손 만져 줄 사람 하나 없음을 생각 할 때 소희의 눈에서는 뜨거운 눈물이 뭉클뭉클 쏟아졌다.

서럽고 외로운 나머지 차라리 독약을 마시거나 목을 매어 죽고도 싶었다.

(나 죽는다고 서러워할 사람이 누구냐. 내몸이 썩는다고 아 파할 사람이 누구냐?)

소희는 자기가 가냘픈 폐를 송충이가 솔잎을 먹어버리듯 그 수 많은 균이 막 폐를 달게 씹어먹는 것 같아서 가슴을 주먹으로 몇번이나 치면서 울고 또 울었다.

(왜 태어났을까? 왜 공부는 했을까? 그리고 이 더운 여름 에 강습은 뭣 때문에 왔을까? 지위가 올라가면 몇푼 어치나 올라가고 돈이 더 생기면 몇만원이 더 생기겠다고 남 다 쉬 는 이 더운 여름에 서울을 온담?)

눈물에 젖은 눈은 안개 어린 달빛같이 보오얄 뿐 흐트러진 머리카락이 열어놓은 들창으로 들어오는 바람에 하느적 하 느적 흔들리고 있을 따름이다.

(뭐 하러 가누?)

소희는 다시 영철이가 끝없이 원망스러웠다.

(주영 든 사람을 두고 어데를 가다니?)

다시 영철을 생각하고 다시금 영철이를 저주해 보기도 했 다.

(준걸이나 있었으면 이 안타까운 밤에 이 뜨거운 머리를 짚어나 달라고나 해봤을겐데)

소희는 밤을 세워가며 그날밤 여관에서 자기의 병 간호를 해주던 준걸의 그 억센 손이 안타까이도 그리웠다. 그리하 여 기다려야 오지 않는 영철에 대한 반동적 심리로 소희는 날이 밝기를 기다려 준걸에게 올라와 달라는 전보를 쳤다.

애욕

—

온양온천(溫陽溫泉)서 서남쪽으로 한 오리가 될까 조그마한 등 하나를 넘어가면 ××수리조합 저수지(水利組合貯水池) 물이 호수와 같이 푸르게 번뜩이고 있다.

겨울이 되면 스케이트장이 되고 여름이면 보오트장이 되는 이 저수지에는 팔월의 피서객들이 보오트를 저으며 하루의 행복된 해를 보내는 것이다.

이 수많은 보오트 가운데 섞여서 남쪽 숲가로 저어 가는 이인승 보오트 하나에 오렌지빛 파라솔을 받은 여자 하나가 해수욕복만 입은 사내와 꺼릴 사람도 없다는 듯이 큰 소리 로 싸움판을 벌이고 있다.

"글쎄 어쩌면 동경서 나오실때도 아무 소식도 없으시고 서 울 와서 계시면서도 알리지를 않으서요? 네?"

울 듯한 얼굴로 바라보는 그 여자의 눈엔 독기가 서려 있 었다.

"집에 나올 때도 급전을 받고 나왔고 서울 온 것도 무슨 토지 사건 때문에 급작스레 왔대도, 그리구 하루만에 일을 다 마치고 곧장 (원문에서 글자판독 불가능) 사람이 안와서 사흘이나 묵고 있었다니께!"

"그럼 저를 못만났으면 어떻게 했겠어요?"

"그야 혜옥씨 집이 개성이니깐 서울에 있었다면 아무렇게 해서라도 찾아 갔겠지만 원체 예정이 어디 들를 프로그람이 없었대도!"

"아니 당신은 변명도 잘하시지 왜 만나잔 편지는 못하십니 까?"

개성사투리로 그 여자는 따국따국 들이댔다.

"무에 변명야요?"

"그럼 변명이 아니고 뭐야요? 서울서 개성이 만리나 되나 요?"

"그렇지만 변명은 아닙니다."

"그럼 언제 어느 시골로 가서요?"

"내일 서울로 올라가서 그 사람이 왔으면 내일 밤차로 내 려가고 그 사람이 안왔으면 그 사람의 뒤를 따라 대구까지 갔다 와야겠어요!"

"그럼 금년 여름에는 아무데도 같이 안가요?"

혜옥은 야속하다는 듯이 가느스름한 눈초리를 샐쭉한다.

"글세 사정을 좀 봐줘야겠어요 졸업논문 준비도 해야겠고 가서 처리도 해야겠고 혜옥씨도 아다시피 우리집에 사내라 군 나 하나밖에 어디 있오?"

"그건 그렇지만....."

여자는 끝끝내 불평인 모양이다.

"그건 그렇지만이 뭡니까? 좀 시원스러이 모든 사정을 이해해 주시면 좋지 않아요?"

"글쎄 선생님이 제게 이해하도록 했으니까? 아까도 말씀 드렸죠만 연인이라구 동경서 나올 때 내게 알렸으니까? 나 와서나 제게 편지 한 장을 했으니까? 서울을 와서 몇주일씩 계시면서 알리기나 했으니까?"

"몇주일은 무슨 몇주일? 사흘도 안됐는데!"

"글쎄 사흘이라니 단하루라두요? 만일에 우연히 종로서 만 나지 않았다면 금년 여름은 깜박 만나지도 못했겠어 그렇잖 으시니까?"

"참 미안합니다."

"아니오 저는 그런 인사나 받자는건 아냐요! 그래 어쩌면 소위 연인이란 사람에게 그렇게 홀대하느냐 말예요!"

"참 미안합니다. 자! 여기 숲사이로 잠깐 산보나 할까요?"

기슭으로 보오트를 대며 말하는건 사흘전에 서울서 소희게 평양 간다고 떠난 영철이었다.

"숲엔 가 뭘해요?"

혜옥(惠玉)이는 한참이나 생각하다가 겨우 대답했다.

"산보나 하게요."

"산보요?"

"녜....."

"그런데 선생님 그건 그리 급한 일이 아니지만 저어..."

혜옥이는 무슨 중대한 일이나 있다는 듯이 말소리를 낮춰 가지고 화제를 돌리었다.

"저어 큰 일이 났어요."

"뭣이?"

영철은 눈을 크게 뜨고 혜옥이 편으로 얼굴을 돌리었다.

"웬 일인지 입맛을 잃어 먹을 수가 없어요."

"거 큰 일이군요."

"아무래도 큰 탈이 났나봐?"

"뭐?"

"큰 탈이 났나봐요! 구역이 자꾸 나고, 어떤 때는 그렇게 먹고 싶던 게 또 갑자기 보기도 싫여지겠지요?"

"거 왜 그럴까?"

"집안 사람에게 보이면 수상해 할 것같구 그래서 선생님이 나 만나서 이 여름철은 어디든지 가서 지낼려구 했는데 뭐 선생님을 만날 수가 있어야죠. 그래 난 이제라도 어디로 갔 으면 좋겠어!"

"갈 수가 있어야지 난 이 여름엔 꼼짝할 수가 없는데?"

(원문에서 글자판독 불가능) 하죠. 그러니 어머님이나 올케나 눈치를 채지 않겠어요. 어 쩌면 처녀가 그 모양이냐구 야단을 치면 어떻게 해요?"

"참말이유?"

"참말이지 누가 부끄런 줄도 모르고 그런 소리를 헐까봐?"

혜옥이는 시무룩해져서 양산으로 얼굴을 가리운다.

"아냐 참말 그러냐고 따져보는게 아뉴? 내가 뭐 당신이 속 인다고 참말인가 거짓인가를 묻는 줄 아슈?"

"그럼 그런 뜻이 아니고 뭐야요?"

"글쎄 그런 뜻이 아니래도."

"그럼 어떻게 해요?"

"몇달이나 됐우?"

"석달째 그게 없어요!"

"석달?"

영철이 눈앞에는 지난 오월 그믐께 신록의 일광을 구경 가 서 혜옥이와 이틀동안이나 한자리에서 지낸 기억이 파노라 마 같이 지나가고 있었다. 그리하여 그는 보오트를 졌던 팔 에 힘이 풀리어 '올'을 거두어 보오트에 걸치고 푸른 숲속을 멍하니 바라보고 있었다.

"왜 걱정이 되서요?"

(글자 안보임)

"그럼 왜 그렇게 얼굴에 수심을 띄우고 계서요. 당신이 싫 으시다면 유산이라도 시키죠!"

"그건 무슨 소리야?"

말은 그렇게 했으나 사실인즉 그 애가 배지않았거나 또 어 떻게 유산이라도 했으면 하고 생각도 되었다. 아무래도 맘 이 변한 오늘날 더구나 소희 같이 어여쁜 대상이 생긴 오늘 날 정조가 헐어진 혜옥에게 대한 매력은 사라진지 오래다.

마치 김빠진 맥주를 마시는 거나 마찬가지로 거기는 아무런 흥취도 없는 것이었다.

"어떻게요 낳라면 낳지만 싫다는 애를 낳어드리진 않겠어 요."

"어떻게 방법이 없을까?"

"무슨 방법요?"

"..............................."

영철은 침묵 속에 혜옥의 얼굴을 치어다 보았다.

"무슨 방법요?"

"글세 그 방법 말이요?"

"유산?"

"..............................."

영철은 대답대신 고개를 끄떡거리었다.

"참말 할까요?"

"글세 그랬으면 좋겠어!"

"왜요?"

"결혼식도 하기 전에 애부터 낳면 어떻게해?"

"..............................."

"그렇잖어?"

"그럼 결혼식을 하죠?"

"졸업이나 하고 해야지!"

"뭐요?"

"글쎄 졸업이나 하고서 결혼식을 해야 하잖어요?"

"졸업 전엔 못 하나요?"

"해도 괜찮지만!"

"괜찮으면 하죠 구월 초에."

"글쎄 금년은 할 수 없는 사정이 있어!"

"왜요?"

"아버님 대상이 금년 십이월인데! 그네나 지나야지?"

"그럼 명년 봄엔 꼭 하서요?"

"아무럼요."

"그래도 애야 무슨 죄가 있우? 글쎄!"

"할 수 없으면 그대로 낳는게지만 할 수만 있으면 어떻게 했으면 좋겠어!"

"참말요?"

"응!"

"참말?"

"글쎄 그렇게 다질 건 없구 할 수 있으면 어떻게 해버리면 퍽 좋겠어!"

"그래야 선생님께 좋겠어요?"

"나혼자 좋다는 것보다도 두 사람이 다 편할 것같아서!"

"어떻든 없애는게 좋지요?"

"글쎄 그랬으면 좋겠지만."

"그럼 없애죠!"

"그랬으면!"

"똑똑히 말씀을 하세요. 없앨테니 꼭 없애달라고 그러세 요!"

"꼭 없애라구야 어떻게 하우? 그렇지만 없애면 좋겠어!"

"참말요?"

보오트가 기슭 편으로 나왔을 때 혜옥은 파라솔을 집어 보 오트

위에 놓으면서

"그럼 꼭 떨어뜨릴게요. 그렇지만 옛법에도 살인자는 사요 지금 법에도 사람 죽인 사람은 사형이니깐 내가 한 생명을 죽이고 살 수 있겠어요!"

하고 보오트에서 텀벙 물속으로 뛰어들었다.

혜옥이가 뛰어내리는 통에 영철이가 탄 보오트는 뒤집 (원문에서 글자판독 불가능) 몸을 날쎄게 뽑아 뒤집힌 보오트에서 헤어나왔다. 그러나 혜옥은 벌써 물속에 들어갔다 나왔다 하면서 물을 꿀꺽 꿀꺽 먹고 있었다. 헤엄을 칠 줄 모르는 혜옥이 더구나 자살 을 하려는 혜옥이가 물속에서 나오려고 할 리는 없었으나 숨이 막히는지 물밖으로 나오려고 애쓰는 것만은 분명히 볼 수 있었다.

"자 내손을 잡어요. 글쎄 이게 무슨 일이람!"

영철은 황겁한 태도로 혜옥이의 손을 붙들었다.

"난 싫어....."

혜옥이는 손을 뿌리쳤다. 그러나 영철은 뿌리치는 혜옥의 손을 잡아 끌어 한팔로 헤어 겨우 물밖으로 나오게 되었다.

사람이 모여 들었다.

영철은 얼른 인공호흡을 시켜 물을 토하게 하고는 부끄러 운 김에 바로 자동차를 불러 여관으로 돌아와 방안에 고요 히 눕혀 놓고는 걱정스러이 혜옥의 얼굴을 바라보고 있었 다.

二

한 주일만 지나면 고향으로 온다는 소희와 준걸이가 열흘 이 지나고 스무날이 지나 팔월 십 오일이 돼도 돌아오지 않 는 것을 보고 누구보다도 가슴을 태운 것은 시골 (원문에서 글자판독 불가능) 오빠 영철이는 서울서 바로 동경으로 (원문에서 글자판독 불가능) 다릴 필요도 없지마는 돌아온다면 그리고 꼭 돌아 와야할 소희와 준걸이가 돌아오지 않는 데는 아무리 성격이 쾌활한 영숙이로서도 우울한 빛이 떠돌지 않을 수가 없었다.

비록 진정한 마음을 바쳐 준걸을 사랑한 것은 아니지마는 소희와 같이 그 아름답게 생긴 여자와 뚝 떨어진 서울서 지 낼 것을 생각하면 가슴이 아팠다. 질투의 불길이 타올랐다.

잘 왔노라는 엽서 한 장 밖에 보내지 않은 준걸에게 장문 의 편지 회답을 한다는 것은 자기의 자존심이 꺾이는 일이 라 하여 회답조차도 하지 않았지만 떠난 지 이십일이 돼도 돌아오지 않는 오늘의 준걸이를 생각할 때 편지라도 해서 내려오도록 못한 것이 급작스레 후회가 됐다.

그것도 준걸이가 혼자 갔으면 그렇게도 몸을 달달볶는 듯 이 안타깝지도 않았겠지만 소희와 같이 비록 그것이 순전한 연애 여행은 아니라도 두 사람이 서울 바닥에 단둘이의 세 계를 형성하고 있다는 것을 생각할 때 질투의 불길은 점점 화염을 더하여 타올라오지 않을 수가 없었다.

집을 떠나 서울로 하루 바삐 올라갈까도 생각했지만 다섯 시간이나 가는 서울 길을 어머님 혼자 두고 떠날 수도 없어 안타까이 조바심

치던 끝에 그들이 묵는다는 ××여관으로 장거리 전화를 걸었다.

전화도 없는 그 여관이라 호출한 뒤에 우편소 안에서 기다 리기는 너무도 지리하고 괴로웠다. 더구나 시골우편소라 누 가 누군지 아는 곳이기 때문에 영숙은 부끄럽기도 하였다.

그러나 불타오르는 질투의 불길을 참을 길이 없어 우두머니 우편소 앞에 섰다 앉았다 밖으로 나왔다 하면서 호출인이 나올 것만 기다리고 있었다.

(아무래도 두 사람이 어데로 갔을거야. 서울 있으면서 안 돌아올 리야 있다구)

이렇게 생각 하고 나니 영숙은 미칠 것 같았다.

전화의 벨이 울렸다 우편소원이 전화를 받는다. 그러나 이 따금 "뭐 쯔쯔돈돈?"

하고 반문하는 것을 보면 그것은 전보인 모양이다.

"어쩐 일일까"

기다리다 못해 그만 짜증이 나서 "안 나와요?" 하고 소원 에게 물었다.

"한번 더 독촉해 보지오-"

소원도 미안한 듯이 전화를 다시 건다. 그러나 영숙은 짜 증이 풀리지 않았다.

"에라 그만 둬라 그까짓 사내만 사내인가?" 하고 발길을 돌리려 할 때에 "호출인이 나왔어요." 하고 영숙이를 부른 다. 그말을 들은 영숙은 바로 돌아가고도 싶지만 그래도 발 길을 돌릴 수는 없어 소원이 열어주 는 전화실로 빨리 들어 가 수화기를 들었다.

"××여관입니까?"

"네 ××여관입니다."

"저 한 이십일 전에 ××공립학교 훈도로 남선생 이준걸이 와 여선생 김소희가 들었죠?"

"글쎄 잘 기억이 안되는데요....."

"온 참 그럼 지금 그런 손님이 안계서요?"

"손님이라고는 일본 손님 하나 밖에 없는데요."

"교원이라고 남녀가 든 일이 그럼 없어요?"

영숙은 똑똑히 엽서를 한번 다시 꺼내 보면서 물었다.

"교원들이 많이 든 일은 있었는데요."

"그때말야요 ××공립학교 훈도 두 사람이 들었어요. 내게 도 편지가 그 여관에 있다고 왔는데요!"

"네 - 참 생각이 나요."

"그럼 그이들이 지금 어디 있어요?"

"여선생은 강습이 끝나는 날 갑자기 병이 나서 의전병 (원문에서 글자 판독 불가능) 다음날 옮겨 갔는뎁쇼."

"그럼 확실히 지금 그들이 있지 않아요?"

"네 안계신뎁쇼."

저편의 말이 끝나자 영숙은 성난 듯이 전화를 딱 끊고 집 으로 돌아오고 말았다.

(그러나 소희가 입원했다면 준걸이가 서울서 떠날 리가 없 는데! 웬 일인가?)

하고 영숙은 의심나는 태도로 머리를 한번 짤래짤래 흔들 었다.

(아마 준걸인 병원 가까운 여관으로 옮겼을거야)

영숙은 또 이렇게 생각도 했다. 그렇게 생각하고 나니 밤 으로 낮으로 소희의 옆에 앉아서 그의 이마를 짚어 주고 손 을 만져 주고 있을 준걸의 모양이 똑똑히도 머릿속을 파고 들어 미칠 것 같았다.

사람은 제게 그렇게 귀한 것이 아니라도 그게 다른 사람에 게 넘어가게 되면 갑작스러이 귀여운 보물이 되는 것이다.

지난 날에는 준걸이가 영숙에게 있어는 애인으로서 하찮은 존재였지만, 지금 이렇게 소희와 같이 병원에 묻어 있을 것 을 생각하니 영숙은 그렇게 밖에 생각되지 않았다. 그에게 준걸이가 더한층 그리워지고 소중하게 생각되지 않을 수 없 었다.

이렇게 악마적 생각이 영숙이의 신경을 날카롭게 만들었 다.

"어머니 나 어디좀 갔다 올게?"

"어딜?"

"서울요."

"서울은 한보름 지나면 갈텐데 또 뭣하러 간단 말이냐."

"그래도 꼭 갈일이 있어!"

"글쎄 일년에 한번 와가지고 한달도 못 있다 가면서 그렇 게 에미가 보기 싫으냐?"

짜증 섞인 어머님의 말소리가 영숙의 가슴을 뭉클하고 찔 렀다. 그러나 영숙이의 남에게 지지않는 성격은 도저히 준 걸의 그 모욕적 태도에 그대로 참고 견딜순 없었다.

"어머님이 보기 싫여 그렇게 아냐요. 저야 방학마다 오잖아 요 그렇지만도 어머니 딱한 사정이 하나 있어."

"뭣이?"

"저 소희가 죽게 앓는대."

"뭐? 참 서울 무슨 강습을 갔다더니!"

"강습을 가서 병이 났대. 그래 지금 위독허대!"

"거 큰일이구나 객지에서 아는 사람도 없구!"

"그렇기 좀 가봐야겠어요! 저녁 차로 떠날까?"

"갔다 오렴!"

어머니가 소희를 친달 못지않게 사랑하는 줄을 아는 영숙 은 이렇게 소희를 핑계 대고 서울로 올라 왔다. 정거장에 내리자 영숙은 허둥지둥 택시를 몰아 마치 중병걸린 애인이 나 만나러 가는 것같이 급히 서둘렀다.

"그런데 웬 일이야? 몸이 몹시 편찮어?"

영숙은 병실 문을 열고 들어서자 소희의 손목을 꽉 붙들었 다.

"아이 영숙이! 언제 왔어."

소희는 의외라는 듯이 깜짝 놀랐다.

"지금 막 오는 길야 그런데 웬 일이야 입원까지 하고!"

영숙은 어떻게 된 영문을 모르겠다는 듯이 소희의 얼굴만 말끄러미 치어다 보았다.

"폐가 좀 나쁘다....."

"폐가? 그런데 혼자 어떻게 입원을 하고 있어?"

소희는 말할 수 없는 사정을 묻는 게 안타까왔다.

"............................."

"그런데 오빠 서울 오신거 못봤니?"

"삼사일 전에 뵈었어. 그리군 어디 평양을 가신다고 떠나시 군 뵐 수가 없는데....."

"그럼 준걸씬?"

영숙은 먼저 묻고 싶은 걸 겨우 그제서야 시치미를 뚝떼고 물었으나 웬 셈인지 가슴은 두근거렸다.

"시골가지 않았어?"

"시골?"

"응 시골로 내려가셨는데 못뵈었어?"

"아아니 못만났어."

"한 열흘 전에 떠나셨는데!"

"그럼 어디로 갔을까?"

아무래도 영숙은 소희가 준걸의 간곳을 속이는 것만 같았 다. 이 침대 아래라도 숨겨둔 것만 같이 생각되었다. 그래서 그 둥그런 눈을 디굴디굴 굴리면서 방안을 이리저리 휘둘러 보기까지 했다.

(아! 그러면 시골로도 안내려갔나? 그러면 그렇지 그 시골 로 내려가 있으면서 전보를 받고 아무런 회답을 하지 않을 수야 있었을라구?)

소희는 한편 꺾어진 자존심이 다시금 회복되는 것 같아서 퍽 유쾌하 였다. 그리고 여러 가지로 그를 억측하고 저주한 게 한편 미안스럽기도 하였다. 그러나 그 순간이 지나서

(그럼 어디로 갔을까?)

하는 걱정이 또 뒤를 이어 생각났다.

(돈과 명예와 지위와 권력이 없는 것을 통탄하고 떠나간 그 사람이니 혹시 자살이나 하지 않았나? 그이도 천애의 고 아로 자란 사람으로 의지할 곳도 없이 그나마 굳건한 의지 하나로서 그만치라도 됐는데 만일 그 굳은 의지를 죽음길로 택하였으면 어떻게 하나?)

소희는 말똥말똥 눈을 깜박이면서 그이가 경성을 떠날 때 자기게 보낸 그 눈물겨운 편지를 회상해 보았다. 소희의 눈 에는 또 축처진 두 어깨를 늘어뜨리고 푹 눌러 모자를 쓰고 힘없이 걸어가는 준걸의 모양이 어른거렸다.

"가난한 사람도 인간은 인간이다."

도스토옙흐스키의 작가의 일기에서 읽은 이 한 마디 말이 갑자기 또 소희의 머리에 떠올라 정처없이 떠나간 준걸이가 끝없이 가엾어 보였다.

(어데를 갔을까?)

소희는 다시 머리를 영숙이 편으로 돌리며

"그래 참말 못만났어?"

"글쎄 떠나기 전날도 그 숙소에 가봤는데 돌아오질 않았 어!"

"웬 일일까? 그런데 넌 갑자기 어떻게 왔니?"

"오빠에게서 편지가 왔는데 네가 아주 위독하니 속히 올라 와서 간호 나 좀 해 주라기에 곧장 쫓아 왔지!"

영숙은 슬쩍 거짓말로 꾸며 대었다.

"참 고맙다....."

발그레한 얼굴에 가벼운 미소를 띄고 소희는 영숙을 바라 보았다. 미풍에 흔들리는 연분홍 장미꽃 잎이라고나 할까 속는 줄도 모르고 참말로 감사하다는 표정이 역력히 그 빛 나는 눈과 우물지는 볼에 나타나 있음을 볼때 영숙은 가슴 속이 뭉클한 게 죄를 짓는 것 같았다.

(멀리서 사람까지 오게하고 그런걸 난 공연히 그이를 각가 지로 억측을 하고 저주를 하고.....)

소희는 또다시 영철이가 믿음직해지고 마음을 의탁할 것같 이 든든하였다.

준걸에 대한 오해를 풀게 되고 영철에 대한 의구가 사라지 자 소희는 두 갈래로 줄달음 치던 생각에 망연자실하고 있 었다.

(준걸의 그 진심! 영철의 그 고마운 인정! 나는 누구를 믿 고 누구를 의지해야 하나?)

소희의 어지러운 마음이 더한층 마디마디 매듭을 맺고 가 냘픈 심령의 줄을 건드리었다.

조금 있다 영숙이가 변소에 다녀 온다고 나간 뒤 소희의 마음은 더욱 갈피를 잡을 수가 없었다.

(끝없는 방랑의 길을 떠나며 자기를 저주했을 준걸의 생각, 바쁜 일에 억매이면서도 하루 바삐 돌아오려고 애쓰고 있는 영철이)

모로 돌아누우며 기지개를 켜는 동안도 두 사람의 그림자 는 소희 머리를 떠나지 않았다. 그러나 병에 차도가 있음인 지 아프던 머리도 조금 깨끗해지는 것 같고 오후면 정기로 오르던 열도 그리 대수롭지 않게 된 요즈음 준걸이와 영철 에게서 무슨 승리나 한 듯한 쾌감을 느낄 때 소희는 기분조 차 명랑해지고 몸은 날아갈 듯 가뿐하였다.

더구나 팔월도 스무날게 되니 아침 저녁으로 샛바람이 불 어 들어와 덮은 욧자락을 싸늘하게 스치며 머리 앞에 꽂아 놓은 꽃잎을 하느적 하느적 흔들 때

(오! 생의 기쁨이여!)

하고 외치고도 싶었다.

(오! 청춘!)

하고 부르짖고도 싶었다. 그러다가

(내일이 개학인데!)

하고 소희는 갑자기 날짜를 꼽아 보자 명랑해진 얼굴에 약 간 수운이 떠돌았다.

(영철씨가 와야 어떡허든지 할텐데)

하고 다시 영철이를 기다리는 마음이 가슴 속에 복받쳐 올 랐다. 그것은 순전히 소희가 돈만을 위한 것은 아니었다. 오 랫동안 보지 못한 영철의 얼굴이 다시금 그리워지는 때문이 었다. 그런데 그때 바로 자기 병실 문앞에서 낯익은 남녀의 목소리가 귀에 들리었다. 여자는 영숙이 목소리가 분명하지 만 남자의 목소리는 잘 알 수가 없었다. 그러나 귀에 익은 소리였다.

발자국 소리가 점점 가까이 들렸다.

병실 문이 따르르 열렸다.

"너무 오랫동안 미안합니다."

영철의 얼굴은 기쁨에 빛났다. 억센 두손이 소희의 가냘픈 손을 힘있게 쥐었다.

"아이 너무 오랫동안 누워 있어서....."

소희는 감격한 나머지 눈물이 핑 돌았다. 잡혀진 그 손 그 대로 영원히 풀려지지 않았으면도 싶었다.

"혼자 가깝하셨죠. 참 일이 원체 까닭스러워서 온참... 그런 데 넌 엊그제야 왔다구?"

영철은 잡았던 소희의 두 손을 놓으며 영숙이 편으로 얼굴 을 돌린다.

"네!"

영숙의 대답은 간단하였다. 변소에 갔다 오던 길에 정문으 로 들어오는 자기 오빠를 만나 소희 편지를 받고 올라왔다 고 꾸며댄 영숙은 양심상 가책에 긴 말을 하기 어려웠던 모 양이다.

"담임의사를 만났더니 퍽 나으셨다구 이젠 시굴 같은데 가 서서 정양만 잘 하시라더군요?"

"그렇잖어두 선생님이 오시면 퇴원하고 내려 가려던 터야 요!"

"그런 내일 퇴원 할까요?"

"오늘 하죠 뭐 아무렇지두 않은 것 같은데요."

"그럴건 없구 그럼 오늘 (원문에서 글자판독 불가능) 일찍 퇴원하기로 하죠."

"그래도 오늘 퇴원하고 시골로 내려가서 내일부터 학교에 가려는데 요."

"그건 안됩니다. 어느 단 시골로 가서야지 또 학교에 나가 시면 큰일입니다. 그런데 개학이 벌서? 오... 참 보통학교는 스무하루죠?"

"녜 그래두! 가야하죠 책임상!"

"몸이 나으셔야지오 안됩니다."

무슨 생각을 했는지 영철은 그 말이 끝나자 밖으로 쿵쿵거 리고 나가버린다.

그 다음날 아침 영철과 소희는 경원선 급행 이등실 남빛 ' 시트' 위에 나란히 앉아 있었다. 그들은 그날 아침 막 퇴원 하는 길로 경성역에서 차를 타고 지금 정양의 길을 떠나게 된 것이다.

처음에는 굳이 시골로 가서 학교 일을 봐야겠다는 소희를 의사의 진단서를 첨부해서 병기계(病氣屆)를 교장에게 서류 우편으로 부친다. 그리고 개학날부터 이주일 동안 휴양할테 니 양해해 달라고 전보를 친다. 이렇게 서둘러서 겨우 소희 의 마음을 안정시키고 떠나게 된 것이다.

그러나 소희의 마음엔 학교 일이 꺼림직해서 기차가 청량 리를 지날 때까지만 해도 경성역으로 되돌아 가서 시골로 내려가는 기차를 (원문에서 글자판독 불가능) 다. 그러나 어느덧 차가 창동 의정부를 지나 동두천역에 다달아 소요산 예쁜 봉이 보일 때 소희는 그만 다시 돌아가고 싶은 생각은 어디로 가버리고 영철이와 같이 저렇게 고 운 산 맑은 물 흐르는 골짜기로 끝없이 걷고 싶은 충동에 가슴이 뛰기까지 했다.

"저기가 소요산이군요 한번 가셨어요?"

"녜 ××여고 삼월 때... 그런데 우린 지금 어델 가요?"

"가시는 데요? 가실데도 모르고 탓었어요?"

"아이참 금강산을 가신다구 하잖었어요? 그렇지만 좀 더 똑똑히 알구 싶어서요!"

소희는 낯빛을 조금 붉히면서 말했다. 사실 금강산을 간다 니 금강산을 가는가보다 했을 뿐 차표도 제가 사잖았으니 어느 금강산을 어떻게 가는지도 모르는 건 사실이었다.

"몸이 아프시니깐 산을 걸을 순 없잖어요. 그러니깐 위선 외금강 온정리나 신계사 같은데 있다가 건강의 형편을 보아 서 금강의 탐승길을 떠나보죠."

"괜찮은데요 뭐 저 해금강으로 만물상으로 구룡연으로 그 런데쯤은 꽤 다닐 것 같아요!"

소희는 지금껏 한번도 구경 못한 금강산의 절경이 눈앞에 보일 듯이 그리웠다.

"의사의 말에 의하면 절대로 걸어가서는 안된대요 그러니 깐 어디든지 조용한 곳에서 잘 정양을 하서야 해요? 그 병 이란건 보매는 잘 모르는 게니깐 근치할 때까지는 절대 정 양을 하서야죠. 그런데 학교를 그만 두시재두?"

"아아니요? 그건 안돼요."

"왜요 제집에나 계시면서 잘 정양하시죠!"

"아이 지나간 날의 신세도 못 갚었는데 또 폐를 끼쳐요?"

"천만에요 동경으로 같이 가섰으면 좋겠는데 수토가 다르 니깐 약하신 몸으로는 견딜 수가 있어야죠!"

"............................"

소희는 대답 없이 앉아만 있었다. 그러는 동안 어느덧 동 편 차창으로 비친 햇발이 서창으로 들여 쪼이는걸 보면 해 도 이제는 퍽이나 기운 모양이다. 기차는 요란할 기적을 울 리며 역구내로 기다란 몸뚱이를 끌고 들어가 천천히 멈춰선 다.

--암벤(안변)..... 암벤(안변).....

안변역(安邊驛)에 닿은 모양이다.

"자! 여기서 바꾸어 타야 합니다."

영철은 소희와 나란히 일어섰다.

"그럼 또 타요....."

소희는 둥근 눈을 깜박이며 영철을 치어다봤다.

"여기선 몇 정거장 가지 않아서 내리니깐요."

"네....."

"속히 내려요."

"네....."

소희는 영철이 뒤를 따라 내렸다. 다소 몸의 피곤을 느꼈 으나 비온 뒤 산은 푸른 빛이 더욱 새로워 생기 있는 산을 둘러 보는 소희의 정신도 명랑해지는 것 같다.

三

서울서 돌아온 영숙이가 준걸의 하숙에 발길을 들여놓았을 때 준걸은 집에 있지 않았다.

"선생님 어디 가셨어요?"

주인집에 물어 봤더니 아침 일찍이 양복을 갈아 입고 모자 를 쓰고 나갔다고 할 뿐 어디를 간단 말도 언제 온단 말도 없더라고 한다.

(어딜 갔누?)

영숙은 다시 발길을 자기 집으로 돌리며 생각에 깊었다.

(내가 어제 너무 했나봐)

생각할수록 어젯일이 가슴에 꺼림직했다.

(아무리 당신이 소희를 따러다녀야 그건 벌써 우리 오빠의 것이야요, 그리구 당신 같이 그렇게 음흉한 사낼난 인전 사 랑할 수가 없어요)

(원문에서 글자판독 불가능)

그전날 영숙에게 받은 상처를 안은 준걸은 지금 경부선 삼 등실에 누워 가지가지 생각에 깊어 있었다. 첫째 준걸은 소 희가 영철이와 금강산을 갔다는 데에 참을 수 없는 통분을 느끼었다. 그리하여 지금 서울가지 가서 다시 함경선을 바 꾸어 탈 양으로 이길을 떠나게 된 것이다.

그러나 준걸은 어지러운 마음 속에서도 서울 ××여관에서 하룻밤 소희를 간호하던 생각에 꿈인 듯 아리따운 환상을 그 리고 있게 되었다.

그 부드러운 몸을 하룻밤 자기가 마음대로 끌어안아 눕혀 도 주고 일으켜도 주던 일이며 그 인어 같은 팔에 주사를 놓을 때 자기가 잡아 주던 그 몽실몽실한 감각이며 또 의식 이 회복됐을 때 소희가 열 나는 얼굴로 자기를 바라볼 때의 그 어여쁘던 모습이며 물에 비친 별같이 젖은 듯 빛나는 눈 이며 모든게 지금 생각하면 꿈속 같았다.

"그러면 소희는 나를 그렇게 싫어하지는 않았던 모양이지?"

준걸은 손을 불끈 쥐고 외마디 소리로 외쳤다. 그리고는 (원문에서 글자판독 불가능) 무리 주치의의 면회사절이란 딱지가 붙었기루 그래 죽을 병이 든 사람이 아니어든 왜 찾아 들어가지 못했담! 왜 서 울서 내려왔담!)

하고 가지가지로 후회되는 지나간 날의 추억이 준걸의 아 픈 가슴을 더한층 괴롭히었다.

그리하여 소희를 한시 바삐 만나려는 초조한 마음에 닫는 기차까지도 느린 것같이 생각이 되었다. 정거장에 차가 닿 을 때마다 (정거는 오래 두 하네) 하고 일분 이분 지체하는 차가 몹시도 지리해 보였다.

이렇게 초조한 심사로 밤 열 한시 경원선 열차에 몸을 바 꾸어 실었을 때 다소 마음이 안정되기는 했으나 그 밤새에 무슨 일이 어떻게 되지나 않을까 하고 생각하게 되는 준걸 이의 마음은 미칠 것 같이 안타까웠다.

--テシゲソ(철원) テシゲソ(철원)...

소리를 듣고 시계를 보니 오전 한시 삼십 일분! 역에 내리 니 억수로 내리는 빗소리가 요란하다.

준걸은 가슴에 타는 초려와 흥분 속에 외금강 전차(外金剛 電車)를 바꾸어 탔다.

차창을 때리는 빗소리에 한껏 처량한 가슴의 동요를 느끼 면서 준걸의 마음은 여러 가지로 어지러웠다. 소희가 잠옷 만 입은 그대로 영철이 의 팔에 감기어 포근히 평화한 꿈속 에 행복을 느끼며 누워 있는 모양도 보이는 듯하며 갈갈이 풀어 헤친 머리채를 흔들면서 찢겨진 옷을 거두어 들고 야 반에 밖으로 뛰어 나오는 모양도 보이었다.

감은 눈에 비취는 광경이라 할지라도 전자의 정경이 전개 될 때는 준걸의 가슴은 아팠다. 그러나 그 다른 정경이 나 타날 때는 손을 불끈 쥐고 그를 구원하려고 뛰어가고 싶은 충동에서 벌컥 미친 사람같이 일어나기도 하였다.

四

내금강 역에 내리는 길로 준걸은 내금강을 들러 장안사로 들어갔다.

아직도 이른 아침 잠속에 잠긴 장안사. 안은 꿈인 듯 고요 히 누워 있었다.

(어느 여관에 들었을까?)

준걸은 내리는 길로 그것부터 생각했으나 그것은 알길이 없었다. 그리하여 우선 아무 곳이고 숙소나 정해놓고 찾아 보자는 생각으로 이리저리 여관을 찾았다. 그러면서도

(소희가 돈에, 권력에 그 고은 몸을 바쳐서야 되나, 그것두 자기 의사로의 참된 사랑이면야 아무런 문제도 없을 것이지 만 그 돈에 그 세력에 자기 몸을 더럽혀서야 되나?)

하고 혼자 중얼거리면서 영철이와 소희가 금강산을 갔다는 말을 듣고 느끼던 격분한 심정을 또다시 돌이켜 생각해 보 았다. 그리고

그전날 영숙에게 가지가지로 비웃음을 당하고 견딜 수 없는 격분에서 돌연히 집을 떠나던 자기를 다시 생 각해 보았다.

그러면서 준걸은 겨우 어느 정결한 여관 집을 찾아 들어가 게 되었다.

거기는 손님도 그리 많지 않았다. 웬 남자와 같이 여자 손 님이 한방에 묵고 있을뿐 방마다 텅 비인 게 쓸쓸하였다.

준걸은 마음이 끝없이 초조한 걸 겨우 참고 있다가 조반을 필한 뒤에야 겨우 주인을 불렀다.

그것은 그들의 소식을 알아 보자는 심산이었다.

"여기 수일전 남녀 두분이 묵고 간일이 없어요?"

"어떤 손님요?"

"이영철이란 사내와 김소희란 여자허구 말입니다."

"없는데요....."

"그럼 어디 그걸 좀 알길이 없을까요? 다른 여관에서라두 묵고 갔나?"

"알아보죠!"

(원문에서 글자판독 불가능)

"왜 찾으십니까?"

하고 이상한 눈치를 보인다.

"아니 저 금강산서 만나잔 말만 듣고 왔는데요!"

자기도 모를 애매한 소리를 하고 나서 그는 얼굴을 붉히었 다.

"네에....."

주인은 무얼 알아 챘다는 듯이 빙긋 웃고는 나가버리고 만 다. 준걸은 모욕이나 당한 것처럼 얼굴이 뜨거웠다. 낮이 기 울어 찾아 나갔던 사환이 돌아 왔다. 그러나 그 대답은 신 통치 않았다.

아무리 찾아도 그런 손님은 온 적도 없다는 것이었다. 준 걸은 더한층 마음이 우울하였다. 그러나 어떻게 할 길이 없 어서 자기 자신이 이집 저집을 찾아 다녀 보기까지 했지만 그들을 찾을 길은 전연 없었다.

(유점사로 갔나?)

이렇게도 생각해 보고 그는 다시 그날로 장안사를 떠나 갔 건만 거기도 없었다. 그들 – 준걸이가 찾는 영철과 소희는 지금 그와 정반대의 방향인 온정리에서 묵고 있었다. 그걸 준걸은 알 리가 없었다.

비온 뒤의 산빛이 새로워진 봉우리를 바라보는 그들은 (원문에서 글자판독 불가능) 소희는 병인이라하여 하루에 방세만 십원씩을 내는 동편 일호실을 쓰게하고 영철은 그 바로 옆방을 차지했다. 그러 나 그들이 헤어져 있는 시간은 잠자는 밤 뿐이었다.

몇 날이 꿈속같이 지나갔다. 소희도 기분이 명랑해지고 병 세도 훨씬 난 것같다. 그건 소희로서도 반생에 처음 맛보는 호사스런 생활에서 얻은 신선한 향취 때문이다.

더구나 그들은 거의 규칙적 생활로 날을 보내었다. 아침 일찍 소희가 자리에서 일어나서 방안에 장치한 세면대에서 낯을 씻고 정규적인 약을 먹으면 영철이가 찾아 들어온다.

그러면 그들은 나란히 시냇물가로 발길을 옮긴다.

맑은 시냇물에 손도 씻고 혹은 발도 씻으면서 이슬이 깃들 인 풀위를 걸어다니단 다시 호텔로 돌아와 준비해둔 조반을 먹고나서 그들은 다시 소희 방으로 돌아온다. 음악 시간이 다.

축음기는 여행용 '포오타불'이니깐 그리 좋은 게 아니지만 레코오드
는 오페라 전곡이 여러조 있어쑀고 그 외에도 유명 한 성악곡이며
피아노 바이올린 곡도 많았다. 그리하여 그 것을 틀고 유쾌한 시간을
보내는 것이다.

그들의 세계는 마치 영화에서나 볼 수 있는 행복한 씬이었 다.

그러다가 정낮이 되면 그들은 다시 온정리 서편 언덕에 있 는 감로수
(甘露水) 약물 터로 발길을 옮긴다. 감로수 물맛은 차고 좋은데다가
옛날 마의태자(麻衣太子)가 이 물을 마시셨 다 하여 더한층 유명한
것이다.

"이 물을 마시고 만수무강하서요."

그 어느날 소희가 감로수 약수 터에서 물 한쪽도리를 떠가 지고
영철에게 주었다.

"녜! 복을 받겠습니다."

하고 그물을 받아마신 영철은 이번엔 또 자기가 한쪽도리 를 떠서

"이 물을 마시고 금년엔 꼭 결혼을 하세요."

하고 소희게로 주었다.

"아이 참..... 선생님도."

소희는 얼굴이 빨개져서 옆으로 몸을 돌렸다.

"왜 그리세요! 자 받으세요, 팔 떨어져요."

"호호호"

"자 받으세요."

".................."

72···순정해협

"그럼......"

"말씀을 다시 하세요."

소희는 웃는 얼굴이 장미꽃 같이 피었다.

"그럼 이 약수를 마시고 병이 나으서요?"

"네 - 감사해요."

하고 소희는 그제야 십자를 그으며 무슨 예식이나 거행하 는 듯이 공손히 머리를 숙여 두손으로 그것을 받아 마시고 는 다시 소복히 물 한쪽도리를 떠서 영철에게 주었다.

"전 소희씨 주신 물을 마시는게 참말 행복스러운데요."

"아이 망칙도 해!"

"참말 저는 행복된 순간이 금년 여름 소희씨를 뵈온 뒤부 터 조금두 떠나지 않아요!"

"아이 너무 그러지 마세요!"

"그럼 소희씨는 그것을 느끼지 않으서요?"

"왜요 저두 참말 행복스러워요."

"그럼 왜 그리서요. 자 기념으로 악수나 해 주십시오."

영철은 손을 내어 밀었다.

"네....."

소희의 깍은 듯 어여쁜 손이 또 내어 밀었다. 억센 손 보 드란 손이 서로 쥐어졌다.

"소희씨?"

"녜?"

"저푸른 솔을 두고 저 영원히 끊임없는 감로수를 두고 (원문에서 글자판독 불가능) 소희의 머리는 숙여졌다.

"소희씨?"

"네?"

대답은 했지만 머리를 숙인 그대로였다.

"소희씬 저를 사랑하지 않습니까?"

"……………"

"소희씨!"

"네!"

"왜 대답을 안허서요?"

"……………"

"소희씨 참말로 저는 소희씨 없인 도저히 이 세상을 살어 나갈 수가 없을 것 같습니다."

"아니오. 선생님은 그게 일시적 기분이야요. 의지할 곳 없는 저이니깐 선생님의 너그러우신 마음이 저를 동정하는 나머지 그렇게까지 생각하신게지, 결코 진정한 사랑이 있는 것은 아냐요! 더구나 저는 선생님을 사랑할 수 없는 몸이 아냐요. 그러니깐 선생님 저를 그저 동생같이 사랑해 주세요 네?"

"그게 참말입니까? 내가 일시적 기분이란 게 그게 참말이야요? 그러구 소희씨가 저를 사랑할 수 없다는 것 (원문에서 글자판독 불가능) 기 어렵다는 게야요. 전 그러기 때문에 저같이 가난한 사람 가엾은 사람과 결혼을 한다는 것이야요!"

"..네 알겠습니다. 그럼 소희씨는 준걸군을 못 잊으십니까?"

영철의 낯빛은 갑작스러이 달라졌다. 말소리는 질투에 타 는 듯 떨리었다.

"그렇게 누구를 꼭 지정해서 말하는 건 아녀요. 그리구 또 준걸씨와 결혼하려고는 꿈에도 생각한 게 아니구요. 그저 막연히 저같이 가난하고 가엾은 사람과 결혼하겠다는 생각 뿐이죠. 그렇다고 지금 곧 결혼할 생각을 가진 것두 아니구 요!"

"참말입니까?"

영철의 억센 손이 더 굳게 쥐어졌다.

"네....."

"참말요?"

"네 참말이야요!"

"그럼 전 재산을 모조리 누구에게든지 양도해 버리겠어요!"

"그건 안된 말씀이죠. 선생님은 그 돈이 있어야 사실 어른 이 아녀요?"

"그럼 전 혼자 생활해 나갈 수가 없는 사람이란 말씀입니 까?"

"그런 의미는 아니야요. 돈 있는 환경에서 자란 사람이 갑 자기 돈이 없이 어떻게 살 수 있냐는 말씀야요. 결코 선생 님이 자립하실 자격이 없다는건 아니니깐 그렇게 오해는 마 세요."

"그럼 돈을 버리재두 안된다구 어떡해야 합니까?"

"결국 생활환경이 다른 사람끼리 결혼할 수 없다는 게죠."

"................"

소희는 문득 말을 해놓고도 그 순간 이상히도 자기 자신을 반성할

예감이 번개같이 숙이고 있는 자기의 머리를 스치고 지나감을 느끼었다.

("그럼 난 왜 돈 있는 사람을 따라 호화로운 생활을 하구 있을까? 기름진 음식, 값 비싼 옷, 넓고 화려한 방, 비단으 로 만든 자리! 그럼 나는 모순이 아닌가? 말로는 가난한 사 람 가난한 사람하면서두 영철씨 돈으로 일등 병실에 누워 있으면서 그렇게두 준걸이가 지극히 간호해 주던 그 더러운 방을 다시 가겠다구 하지를 못했거든, 그리구 또 여기와 서 두 제일 호사스런 방에서 너무도 내 생활에 맞지 않는 호강 을 하구 있지 않는가. 값비싼 약까지 먹으면서)

"소희씨!"

영철은 무슨 생각에 깊은 듯 머리를 수그리고 있는 소희를 불렀다.

"................"

"들어가 점심이나 먹죠!"

이상히 어색해진 공기를 부드럽히려는 듯이 영철은 소희의 손을 잡았다.

"................"

소희는 지금 자기의 모순의 세계에서 혼자 부끄런 맘에 얼 굴을 붉히고 있었다.

"자 들어가요!"

"................"

그러나 아무 말이 없다. 순간의 침묵이 흘러갔다.

"?................"

"..............."

"?..............."

"..............."

"소희!"

얼굴이 점점 창백해지는 소희를 보고 깜짝 놀라 영철은 소 리쳤다. 그 순간 "아니 난."

(원문에서 글자판독 불가능)

"웬 일이야?"

눈이 휘둥그레서 가슴에 얼싸안은 채 창백해진 소희 얼굴 을 내려다 봤다.

"?..............."

"..............."

"?..............."

"..............."

"웬 일이야?"

"..............."

"소희?"

"..............."

"소희?"

"..............."

"글세 웬 일야?"

"..............."

소희는 그때야 겨우 정신을 가다듬었다. 뭉클하고 눈물이 솟아난다. 그러는걸 겨우 영철이에게 보이잖게 손가락 끝으 로 씻어버리고는 우두머니 넋잃은 사람같이 안긴 채로 있었 다.

"자! 일어나서요....."

"가시죠!"

끝까지 침착한 태도로 그러나 어디까지나 오빠같은 믿음성 있는 말로 위무해 주는 영철이의 태도가 눈물 나도록 감사 하였다.

"자! 이 물이나 한찬 더 잡수십시오. 원래 관세음보살의 감 로수는 만겁(萬劫)의 불길을 한 방울로 꺼 버려 중생(衆生) 을 구한다지만 이 자연의 감로수를 마시구서 모든 잡념, 모 든 재앙을 다 씻어버리서 요!"

소희는 떨리는 손으로 그 물 한 쪽도리를 받아 들었다.

五

소희가 금강산으로 오는 열흘 때 되는 구월 초승, 벌서 금 강의 추색은 물들기 시작하였다. 아침 저녁은 말할 것도 없 지만 대낮도 선선한 바람이 옷깃으로 스며들어 제법 가을 맛이 난다. 더구나 밤마다 들리는 귀뜨라미 소리, 우수수 나 뭇잎을 흔드는 소리, 푸르고 높아진 하늘, 그 위에 뜬 은빛 달..... 이것은 모두가 가을을 알리는 계절의 신호가 아닐 수 없다.

소희의 건강도 거의 완전히 회복되어 아프던 머리도 개인 하는 같이 맑아지고 열도 나지 않았다. 잠도 잘 들수 있고 음식도 잘 먹을 수 있게끔 식욕이 나게되자 소희는 학교 일 도 걱정이 되고 또 영철이도 동경으로 건너가야 할 시기가 된 것을 생각하고 그 어떤 날 밤 시골로 돌아 갈 것을 말하 였다.

"학교를 그만 두시구 동경으로 같이 공부나 가시죠."

영철은 떠볼 침대에 걸터앉은 소희 옆에 바싹 다가 앉으며 말을 했다.

"제가 무슨 공부요! 호호."

속 마음으로 동경 음악학교 성악과에 들어가 삼사년간만 꼭 공부했으면 하는 생각이 그칠 날이 없건만 차마 (나를 공부시켜 주세요)하고 곧장 대답할 수 없는 소희는 그렇게 밖에 대답할 수가 없었다.

"성악을 공부하시면 아주 장래 대성하실걸!"

"천만에요."

"그러지 말구 학교에 사직원을 내고 떠나시죠! 자 제가 쓸 까유?"

"아이! 시골 보통학교 선생이 어딜 가요 호호호! 전 영원한 교원이 될테야요. 어린이의 벗 그대로 늙을테야요."

"그러지말구 어서 사직원을 내요!"

"아냐요 글쎄 전 시골루 가서 애들이나 가르치고 있겠어 요."

"소희씨!"

"네!"

"난 소희씨가 그 이쁜 손으로 피아노를 치면서 노래를 불 러 주어

내 피곤에 잠긴 몸을 재워 준다면 얼마나 행복스러 울지 모르겠어."

"아이 참 영철씨두."

"아냐 참 난 어젯밤 혼자 잠을 못들면서 그 생각을 하구는 꼭 소희씨가 음악공부를 하시구 그리구는!"

"그리구는요?"

"그리구는 저어! 내 아내가 돼서 그렇게 노래를 불러 준다 면 참말 행복스럽겠어."

"아이 참 망칙해!"

소희는 가까이 앉았던 몸을 살짝 떨어져 앉으며 어린애가 어리광 피듯 머리를 도리도리 흔든다.

"글쎄 내 소원이 그렇다는 말두 못해요! 그럼 취소하지요."

"..............."

"소희씨!"

"네!"

"난 소희씨가 없다면 죽을테야!"

"가짓부렝이."

(원문에서 글자판독 불가능) 서 춤이나 추다 죽을까요?"

"그런 거짓말은 마세요!"

"남은 진정으로말하는데 글쎄 소희씨 남의 말을 저렇게두 몰라 주어!"

"선생님은 애인이 있지 않으세요?"

소희는 짐짓 이렇게 물어 봤다. 동경유학 육년 동안 연인 하나 없을까 하는 여자의 민감이었다.

"없지오!"

그렇게 말은 했지만 온양온천서 그 사건 난 것을 소희가 알지나 않나 하는 걱정이 그의 얼굴 빛을 붉게 물들였다.

"없긴 왜 없어요! 거짓말만 하셔!"

"참말이야 연인이 있으면 왜 소희씨같이 그렇게두 쌀쌀한 여성을 죽자구 따라 다닐라구."

"아이참 누가....."

영철은 소희 가까이 다가앉으며 화제를 돌렸다.

"네 하세요!"

"내가 동경서 나오기 한 주일쯤 전에 '오데라'에 가서 '미구 지'를 뽑잖었겠수?"

(원문에서 글자판독 불가능) 구, 이사를 해두 좋구, 소송에두 이길 수 있구, 그리고 혼 담이 성립된다겠죠!"

"그래요?"

"녜 참말이야요 그런데 지금꺼정 제겐 아는 여자라곤 소희 씨 하나뿐이 있잖어요? 그러니깐 아무래두 소희씨 허구 혼 담이 성립될라나봐! 그리 되기만 한다면 얼마나 기쁠까?"

"그런 농담의 말씀은 그만 두세요! 가엾은 절 왜 자꾸 그리 놀리서요!"

"글쎄 누가 농담을 해요 참말루 진심으루 그리는데..... 소 희 그렇게두 못 믿겠우?"

영철은 조금 더 다가앉으며 어깨너머로 넘긴 팔을 허리 편 으로 내리웠다.

"못 믿어요!"

"어째서?"

"아까두 말씀 드렸지만 지체가 다르니깐요?"

"지체라구요?"

"네!"

"저는 그런 사람이 아냐요. 사람은 모두 평등이 아니야요?
왜 새삼스러이 그런 말씀을 하세요?"

"그렇지만!"

"그럼 제가 소희씨게 하는 모든 행동을 그저 한 개의 장난 으루만
아서요?"

"그렇게 꺼정은 생각잖어두."

"그럼요?"

"……………"

"왜 글쎄 소희는 나를 안타깝게만 합니까? 돈이 있는게 흠 이래서
내 재산 전부를 다른 이게 양도해 버린대두 안된다, 동경을 같이 가재두
안된다, 사랑을 한 대두 거짓이라 결혼 을 하면 얼마나 행복스럽겠느냐
구 해두 거짓이라해, 그러니 나같은 사람은 소희씨를 사랑할 수가 없는
몸이군요? 소희 씨! 자 그러지말구 나와 오늘 동경가기루 약속해요.
아무래 두 난 대학원에 이삼년은 더 있을 작정이니깐 그새 소희씬
음악학교나 다니면 좋지 않겠우? 내가 법학사가 되어 사회 에 출입하게
되구, 당신은 음악가로 조선악단에 데뷔하게 되구 그리구 결혼식을
굉장히 거행하면 얼마나 행복스러울 거요? 네 그렇잖어요?"

"그러면 행복되게요?"

속마음은 기쁨의 안개가 사르르 전신을 싸고 돌았지만 겉 으로는 쓸쓸한 표정을 지었다.

"글쎄 왜 그래요?"

허리에 보낸 손에 힘을 준 탓인지 소희와 영철이의 몸은 착 달라붙어 오고가는 따스한 피가 그들을 더욱 흥분시켰 다.

"소희 그렇게해요!"

"어떻게요?"

"학교에 사표를 내구 동경으루 가요."

"················"

"그렇게 해요?"

"················"

"응 그렇게 하기루 작정했죠?"

영철은 소희 얼굴에 자기 얼굴을 갖다 비볐다. 보드러운 살의 감촉이 전신의 피를 끓게 하였다.

"소희씨?"

"················"

"머리를 일루 돌려요 자! 좀 돌려요!"

"················"

열 한시가 땅 쳤다. 밖에는 빗소리가 요란스럽다.

"자! 인젠 가서요 규정시간보다 삼십분이나 늦었는데!"

소희는 영철에게 끌어 안긴 채 뿌리칠 용기도 없다는 듯 쌔근쌔근

숨만 쉬고 있었다.

"네 가죠 그렇지만 얼굴을 이리로 좀 돌려요!"

"가세요"

"오늘 동경 간다는 약속으루....."

영철은 침대에서 일어나 정면으로 소희를 마주 바라보았 다.

"자! 악수나 해요."

소희는 쭉 번은 팔을 내밀었다.

"악수는 했는데 뭐!"

"그럼은요."

영철은 어색하다는 듯이 멍하니 소희 얼굴만 뚫어지게 바 라보고 있었다.

"소희!"

"네!"

"약속의 프레센트를 안 주시겠오?"

소희는 상기된 얼굴을 땅에 떨어뜨렸다.

"어쩌문!"

하고 영철도 거의 절망적으로 땅에 무릎을 꿇고 주저 앉으 며 침대에 걸친 소희의 두 다리를 끌어 안았다.

"소희!"

영철은 머리를 스카트에 비비며 소리쳤다.

"소희 난 소희를 놓치 않을테야!"

".............."

"놓세요."

그러나 영철은 씨근씨근 숨소리만 높을 뿐 꼭 끌어안은 두 팔을 펼 것 같지도 않았다.

"놓세요!"

"놓세요!"

"..............."

떨리는 소희 목소리가 웬일인지 갑자기 혜옥이 목소리같이 영철에게 들렸다. 지난 오월 그믐께 일광서 혜옥이 허리를 끌어안았을대 자기를 뿌리치며 '놓세요 놓세요' 하던 소리와 어떻게도 그리 똑같이 들릴까?

영철은 전선에 소름이 쭉 끼쳤다.

"아이를 밴 혜옥이를 두구!)

영철은 다시 가슴이 싸늘해지는 것 같았다.

물에 빠져 자살하려던 혜옥이를 겨우 건져다가 며칠 동안 을 지내면서 달래던 생각, 그리고 다시 가을에 동경가서 모 든 것을 좋도록 하자고 약속하고 겨우 개성까지 데려다 주 고서야 무사히 서울로 돌아오던 생각, 영철은 그 순간 (나는 색마가 아닐까?) 하는 양심의 채찍이 그를 괴롭게 하였다.

(낙태를 시켜? 그렇지만 만일에 그게 발각이 되면 형법(刑 法)에 걸리어 벌을 받지 않느냐?)

그는 내년 봄이면 법학사(法學士)가 된다. 법률을 하는 그 로서 그 여자에게 낙태만 시킨다면 자기는 그 아는 법률에 묶이는 몸이 되지를 않느냐.

"놓세요, 너무 흥분을 마세요."

소희의 떨리는 소리.

(사내를 가까이 하면 애를 밴다는데!)

문자 그대로 의미를 새겨 그것을 유일한 성 지식으로 아는 소희의
가슴은 떨리었다. 그저 그리고 있는 순간 벌써 애가 들어 가지나 않았나
하는 의심이 그렇게도 성을 모르는 순 결한 소희의 마음을 괴롭히었다.

"소희!"

영철은 혜옥이 생각 때문에 끌어 안았던 두 팔을 힘없이 풀면서
일어났다.

"네?"

빨갛게 흥분된 소희의 모양! 무엇에 놀란 듯 둥그란 까만 눈이 어여쁘
게도 빛나고 있었다.

소희를 그대로 두고 자기 방으로 돌아간 영철은 세시치는 소리가
들리도록 잠을 이루지 못하고 이리 딩굴 저리 딩굴 타는 가슴만 쥐어
뜯고 있었다.

한 개의 처녀를 버려 준 자기로서 그리고 잉태까지 한 여 성을 두고서
그것도 처음에는 참된 사랑에서 결합한 연애 관계거든 몇 달이 못가서
또 다른 한 개의 순진한 처녀를 노리고 있다는 것은 확실히 자기의
색마적 야심이었다.

법학을 공부하느니만큼 그는 이론이 정연하고 또 사물에 대한 관찰을
퍽 명확히 한다. 그러기 때문에 어떠한 한 개 의 법칙을 어기기 어려워
하고 법적 근거를 무시할 수 없는 이성적 두뇌를 가진 그련만 아버지의

유전인지는 몰라도 확 실히 그에게는 여성에 대해서만은 법칙조문을 무시한 호색(好色)적인 경향이 있다.

영철은 여러 가지로 생각하던 끝에 비로소 어떤 결정적 태 도를 취하겠다는 굳은 결심을 갖게 되었다.

첫째 혜옥이에게서 어린애를 낳게되면 그것을 양육비를 주 어 기르도록 하고 참된 아내는 소희로 하여 소희와 사실상 결혼 생활을 한다는 것이었다.

영철은 자리에서 벌떡 일어났다. 침의를 입은 그대로 방문 을 열고 바로 그 옆인 소희 방 있는 편으로 갔다. 방문 핸 들을 돌려 보았다. 소희 방문은 굳게 잠겨 있었다. 그는 거 의 앉다시피 엉거주춤하고 열쇠 구멍으로 한 눈을 감고 한 편 눈으로 방안을 들여다 봤다. 방안은 환한 등으로부터 날 씬한 허리가 영철의 눈에 이상한 충동을 주었다. 영철은 숨 소리를 높여 가며 그를 한참동안이나 바라보고 있다가

(소희두 나를 생각하는가? 저렇게 잠을 못자고 있으니!)

하고 한편 무엇에 승리나 한 것처럼 영철이 가슴에는 기쁨 의 물결이 쏴 하고 밀려드는 것 같았다.

영철은 굽혔던 허리를 펴고 방문을 녹크하였다. 그리고는 다시 열쇠 구멍으로 방안을 들여다 보았다. 소희는 둥그런 눈을 깜박이면서 노크 하는 문편을 무엇에 놀란 듯이 얼굴을 돌려 바라보고 있다. 둥근 눈의 매력 긴장한 얼굴, 표정의 이상한 귀여움, 그것은 순진한 처녀만이 아니면 가질 수 없 는 아름다움이었다. 영철은 한참 동안이나 넋 잃은 사람같 이 열쇠 구멍으로 그 아름다운 포오즈를 들여다보고 있다가

다시 허리를 일으켜 두어번 녹크를 했다.

"누구세요?"

떨리는 소희의 목소리가 분명하다.

영철은 대답도 않고 두어번 녹크를 더 했다.

"영철입니다."

"웬 일이서요 세시나 됐는데!"

"잠이 안와요!"

"전 옷을 벗고 누웠는데요!"

"잠깐 문을 좀 열어 주시오."

속으로는 네가 거짓말을 하는구나 하면서 영철은 뛰는 가 슴에 동요를 느끼며 소리쳤다.

"아이 늦었는데 가서요 전 자겠어요!"

확실히 무슨 불안을 느낀 말소리다. 애원하는 듯 갸날픈 소희의 떨리는 소리 그것은 더한층 영철이의 마음을 흥분시 켰다.

"잠깐만 할말이 있어."

"거기서 하서요?"

"글쎄 잠깐만 열라니깐."

"가서요 내일 뵙죠!"

"잠깐 할말이 있대두."

"거기서 말씀하서요."

"마주 앉어야 할말이야!"

"그렇지만 인제..... 날이 밝어 오는데....."

소희의 머리에는 영철이가 아까 자기의 두 다리를 꼭 끌어 안고 숨찬 소리로 헐떡이던 생각이 번개같이 지나갔다. 감 히 문 열 용기가 나지 않았다.

(와서 이번엔 허리를 끌어안고 죽네사네하면 어떡허나) 하 는 생각이 또한 소희의 참새같이 약한 가슴을 할딱거리게 하였다.

영철은 굳이 잠근 문을 두어번 더 녹크하고 다시 열쇠 구 멍으로 방안을 들여다 보았다. 환한 불빛 아래 침의만 입고 앉은 소희가 마치 어려운 일을 당한 어린애같이 약간 얼굴 을 찡그리고, 왼편 손으로 턱을 괴고 앉아 고민하는 양이 영철이에게는 더한층 어여쁘게 보이었 다.

"어서 문을 열어요! 참."

열쇠 구멍으로 방안을 열심히 들여다 보면서 영철은 녹크 를 또 했다. 사르르 소희가 일어났다. 문편으로 가까이 걸어 온다.

(옳다 인전 성공이다)

영철의 가슴에는 방망이질 하듯 요란한 심장의 고동이 머 리를 흥분 시켰다.

"딱!"

하는 스윗치 끄는 소리와 함께 방안은 갑자기 캄캄해지었 다. 밖에는 빗소리가 요란히 들린다. 이따금 비를 실은 바람 소리가 쏴아 들리기도 하였다.

"어쩌면 불을 끄우 소희....."

영철은 절망 속에 외쳤다.

"가서요..... 어서 가서요"

가느다란 소희의 애연한 목소리!

"자! 문을 열어요! 글쎄 급히 할 말이 있대두."

"내일 하서요....."

"그럼 불이나 켜요!"

"................"

다시 방안은 불빛이 흘렀지만 열쇠 구멍 직선으로 놓인 테 불에 상반신을 걸치고 있던 소희의 그림자는 보이지 않았 다.

"문을 열구 이야길 좀 들어요. 긴한 이야기래두?"

"글쎄 밝는 날은 못해요?"

"지금 꼭 해야 된대두!"

얼마 있다 원피스로 갈아 입은 소희의 모양이 다시 열쇠 구멍 직선으로 보이는 테불에 나타났다.

"문을 열어요. 잠깐만!"

다시 문을 노크하며 열쇠 구멍으로 들여다 보았을 때 소희 는 테불을 의지하고 안타까운 듯이 얼굴을 찡그리고 있다.

"이 밤이 다 새도록 여기 서구 있을테야요! 자아 좀 (원문에서 글자판독 불가능) 소희는 아무 말도 없이 난처한 얼굴로 문편을 한참 동안이 나 바라보고 있는 것이 보이었다.

"자..... 좀 열어요!"

안타까운 나머지 영철은 요란한 녹크 소리와 함께 소리를 쳤다. 소희 는 할 수 없다는 듯이 앉았던 의자에서 일어나 문편으로 사뿐사뿐 걸어 오고 있다.

불이나 또 끄러 오지 않나 하는 불안 속에 영철은 가슴이 조이었다. 그러나 열쇠 구멍이 캄캄해지자 달그럭 하는 소 리가 나더니 문은 열려졌다. 문 열리는 순간 영철은 자기도 모르게 방 안으로 왈칵 들어가 소희의 허리를 끌어 안았다.

그리고는 두팔로 번쩍 들어 침대 위로 갔다.

"어쩌면 그렇게 사람의 속을 태워요!"

흥분에 탄 영철의 말소리는 떨렸다.

"................"

"소희씨!"

"네?"

"내게....."

그의 입술은 말도 그치지 못하고 소희의 볼에 그리고는 입 으로 갔다. 도리도리 흔드는 소희의 얼굴을 다시 (원문에서 글자판독 불가능) 영철이 두 손에 붙들린 머리를 흔들면서 소희는 외쳤다.

영철은 소희의 눈과 코와 입과 한두치 가량 거리를 두고 똑 똑히 내려다보고만 있었다. 훈훈한 살김 그리고 입김.

날은 점점 밝아간다.

이틀 동안이나 흥분된 기분으로 소희와 영철을 찾던 준걸 은 끝끝내 그들을 찾지 못한채 집으로 발길을 돌리려고 했 다. 그러나 한번 결심한 것이면 끝장을 내고야 마는 그로서 그들을 찾지 못한채 집으로 돌아갈 수는 도저히 없었다. 더 구나 영숙에게 그런 모욕을 받은 상처를 안고 영숙이가 있 을 그곳으로 가기는 그의 자존심이 아무래도 허락하지를 않 았다.

(금강의 절승을 우울한 기분으로 걸어나 볼까? 유점사, 마 하연, 명경대, 비로봉, 이렇게 지팡이를 동무삼아 소희를 찾 아가자. 외금강 온정리까지 찾아가면 그동안은 어떡허든지 알 수 있을게 아니냐?)

돌렸던 발길을 다시 마하연 쪽으로 옮겨 그는 장안사를 떠 나고 말았다. 반생을 고생속에 자랐건만 조금도 우울한 빛 없이 지내온 그였어도 이날에 있어서는 끝없이 마음이 울적 하였다.

(어데 가 있을까? 그리구 영철이와 같이 있나? 같이 있으 면 그동안 얼마나 친한 사이가 됐노? 남의 행복을 뺏는 영 철이! 마음 약한 소희!)

이런 생각 저런 생각에 금강의 좋은 경치도 다 잊고 지팡 이를 끌면서 발걸음을 힘없이 옮기었다. 그러나 그가 장안 사를 떠나 비로봉가지 오게 되기는 사흘이란 시일을 허비하 였다.

잘 걷는 사람이면 그 거리를 네 시간이나 다섯 시간에 넉 넉히 올 것이언마는 그 동안에 혹은 억수로 내리는 비를 피 하고 혹은 중간 중간에서 그들을 찾느라고 사흘이란 시일이 걸리게까지 되었다. 더구 나 나중엔 찬 비를 맞으며 걸은 탓 인지 비로봉에 왔을 때는 열이 사십도나 높은 독감에 걸리 어 하는 수 없이 거기서 삼사일 동안이나 정양하지 않을 수 없게까지 되었다.

그 어느날 그것은 바로 그가 조금 감기 기운이 나아서 온 정리로 향해 떠나기 전날 새벽이었다. 준걸은 꿈이 아니면 볼 수 없는 흉악한 것을 보았다.

그것은 새벽 안개를 헤치고 숲길을 혼자 걸어가는 소복한 소희가 밀림에서 갑작스러이 기어 나온 큰 구렁이에게 칭칭 감기어 꼼짝도 못하고 눈물만 흘리고 있는 것을 꿈에 본 때 문이다.

옛날부터 상사배암이 처녀를 가아 죽인다는 전설이 있거든 꿈속에나마 그런 것을 본 준걸은 그것이 결코 전연 근거 없 는 사실이 아닐 것이라는 불안한 생각이 떠 돌게 되었다.

그렇지 않아도 영철의 행동이 소희게 대한 야심에서 나온 것으로만 해석하는 그로서 지금의 그 꿈은 준걸의 가슴에 일종의 의운을 가지지 않을 수가 없게 된 것이다.

"빨리 찾아가 보자!"

준걸은 그 꿈을 깨자 열이 아직 내리지 않은 몸이건만 초 조한 마음으로 행장을 수습하고 아침 일찍 비로봉을 떠나고 말았다. 천근이나 무거운 몸! 그리고 어지러운 머리를 붙들 고 그는 구룡연이며 연주담이며 옥류동이며 비봉폭이며를 모두 본체만체 오직 소희만을 생각하는 불타는 가슴으로 발 걸음을 발리 하였다. 그리하여 신계사 언덕을 넘어섰을 때 는 오정 때 밖에 되지 않았다.

(소희가 내게는 그렇게두 중한걸까? 그러나 그이는 나를 생각이나 할건가? 부질없는 짝사랑이 아닐까?)

준걸은 이런 생각을 하면서도 온정리에 닿는 길로 일본 여 관을 모조리 뒤져 보았다. 그것은 영철이가 평소에 돈 쓰는 것으로 보아 조선여관에는 들지 않을 것을 안 때문이다. 그 러나 그들은 거기서두 찾을 수가 없었다. 그리하여 준걸은 최후로 온정리 호텔을 찾아 갔다.

(원문에서 글자판독 불가능) 거리는 가슴으로

"네. 이영철 김소희 남녀 두분요." ˙

하고 똑똑히 대답했다.

"오늘 아침 떠났습니다."

장부를 뒤적이면서 지배인은 비웃는 듯 준걸에게 말한다.

"떠났어요?"

"네 막 오늘 아침 차루요!"

준걸은 힘없이 빼빼 마른 지배인의 얼굴만 치어다 보고 있었다.

그들은 오늘 아침 서울로 향해 떠나갔다.

첫째 소희가 학교 일도 일이지만 이제는 든든한 몸으로 이렇게 오래 호사스럽게 있을 수 없다는 것과 또 영철도 속히 동경을 가야겠으므로 두 사람이 상의를 하고 오늘 아침차로 떠나게 된 것이다.

"퍽 곤하시죠?"

경원본선을 갈아 타고 식당에 들어와 차를 마시면서 영철 이가 물었다.

"괜찮아요 -- 그래두 눈이 자구 감겨요."

하고 소희는 방그레 웃음을 웃었다. 소희는 영철의 빛나 (원문에서 글자판독 불가능) 쾌한 웃음이었다.

"영철씨 동경으루 바루 가세요?"

"그럼요!"

"그리면 또 언제 오시나요?"

"내년 봄에나 오죠! 그동안 무슨 일이 있으면 또 오구요.

그런데 꼭 삼월까지는 있어야 하우! 같이 갔으면 좋을텐데?"

"글쎄 꼭 있어야할 의무두 있구 또 이제 동경 가야 별루 할 것두 없잖어요. 그러니깐 내년 삼월에 가겠어요."

소희 맘엔 이번에 같이 갔으면 하는 생각도 없잖았으나 첫 째로 의무로 학교 일을 삼월까지는 봐야겠고 또 약혼도 하 지 않고 동경가 있는 동안 사실상 영철의 아내 노릇을 해야 할 것을 생각하고는 차라리 명년 봄 정식으로 약혼이든 결 혼이든 해가지고 버젓하게 시골을 떠나자는 것이 그 둘째이 었다. 그런데다가 겨울동안 좀 영철과의 문제를 신중히 생 각하려는 것도 그 셋째쯤 되는 조건의 하나였다.

"그럼 서울서 바로 난 동경으로 갈테니깐 가을부터는 우리 집에 계서요. 어머님 혼자 계시니깐 맘이 뇌지를 않는군요!

내 어머님께 편지해 둘테니깐요."

"네. 어머님께서두 꼭 같이 있자고 그리시는걸 너무 폐를 끼치는 것 같어서!"

"어머님이 혹 편치 않으서두 걱정되구 또 무슨 일이 있어 두 어머니 혼자 어려우시니깐 저를 위해서 꼭 가을부터는 집에 계서 주서요!"

"네. 그러죠."

"그럼 바루 서울서 떠나시겠어요?"

"바루 가야죠. 뭐 너무 지체해서 학교에 어떻게 미안한지 모르겠어요!"

"전 서울서 한 이틀 있다 가겠어요! 그러니깐 부디 시골 가 셔선 제집에 계시구 그러구 자주 편지나 주십시오!"

"네! 영철씨두 자주 주서야죠!"

조금 남은 레몬스카취를 마저 마시며 소희는 방그레 웃었 다.

"그러면 잊은 게 없나? ..... 그건 그러기루 하구 저건 저렇 게 하구!"

영철은 혼자 무엇을 한참이나 생각하더니

"자! 그럼 자리루 돌아가죠?"

하고 일어선다. 소희도 따라 일어섰다.

소희와 준걸은 퍽 오래간만에 한 사무실 안에서 책상을 마 주 대하고 앉을 수가 있었다. 전보다도 서로 이상한 감정 속에 그들은 힐끗힐끗 서로 치어다 보고 웃기도 하였다. 그 러나 소희의 얼굴엔 희망찬 환희가 흘러넘쳐 있었건만 그와 반대로 준걸의 얼굴엔 전에 볼 수 없던 심각한 우수가 새겨 져 있었다.

금강산 험한 길을 굽이돌아 절승을 구경할 여유도 없이 소 희를 찾아 헤매던 그 안타까운 가지가지 이야기를 한 마디 도 해보지 못하고 준걸은 소희를 마주 대하면 공연스러이 얼굴이 붉어만 졌다.

자기를 조금도 생각지 않는 소희를 따라다닌 게 너무도 어 리석음을 스스로도 느낀 때문이다.

(왜 난 소희를 이렇게두 못살게 좋아하누? 같은 환경에 있 는 그가 그렇게두 천리 만리루 달아나거든 그러나 어쩌문 소희는 자기와 같은 계급의 사람을 그렇게두 이해 하지 못 할까? 돈은 자기의 환경도 계급도 다 잊어버리는 젠가? 그 러나 내가 남을 원망할 권리가 어디 조그마치나 마 있느냐? 그를 저주할 무슨 사실적 근거가 티끌만치나 있느냐? 그가 내게 사랑한다고 단 한번이라도 말한 일이 없거던 내가 왜 그를 저주하

고 원망하랴!)

이렇게 마음을 돌려도 봤다.

(그렇게 꽤 까닥스러운 연애가 어떠니 인생이 어떠니 떠들 게 없거든 난 내 길이 있지를 않느냐. 곤충(昆蟲)의 세계, 식물의 세계 그게 내 연인이 아니냐. 그게 내 평생의 사업 이 아니냐?)

완전히 인생문제를 떠나 그는 연구실 속으로 마음을 돌이 켜 보기도 했다.

그러나 생각나는 소희를 아무리 준걸의 굳은 의지로서도 막아낼 수가 없었다.

(모든 것을 잊자! 나는 내 할 일이 있거던)

그는 다시 굳은 마음으로 머리를 흔들며 사년동안이나 채 집해 오는 곤충표본이며 식물표본이며를 뒤적거려도 보았 다.

(금년 여름은 백두산에나 갈 것을 부질없는 길만 돌아다니구!)

좀처럼 자기가 한 일에 후회를 하지 않던 그가 이렇게 후 회도 해 보았다. 기실 그는 보통학교 교원 시험에 통과가 되어 부임한 이래 다시 문검(文檢)수험 준비를 하느라고 동 식물학 서적을 사들여 독습하 는 일방 봄방학이나 여름방학 을 이용해서는 산이나 들로 가서 이상한 곤충이며 재미있는 식물을 채집하기도 하였다.

그렇듯 공부에 열중하고 자기가 하는 일에 끝을 모르고 노 력하던 준걸이가 소희게 대한 사랑이 불타오른 뒤로는 그것 조차 탐탁하게 손에 잡히지 않았다.

더구나 그렇게도 못살게 따라다니던 영숙이조차 여름방한 때 말다툼

이 있은 뒤에 서울로 올라가서는 이렇단 편지 한 장도 없는 것이 요즈음의 준걸에게는 퍽 쓸쓸하였다.

(내게는 원래 여성이 태이지 않는 것을!)

그는 이렇게 절망적인 자포적 심정에서 모든 것을 잊으려 고 머리를 절레절레 흔들어도 보았다.

그러나 준걸에게는 지난 여름 서울 강습 갔을 때 자기가 짚어주던 소희의 머리며 안아 눕힐 때 자기 몸에 다른 군데 군데의 살의 감촉이 아직도 자기손과 온몸에 남아 있는 것 같이 자릿자릿해지는 것도 같았다.

(그럼 다시 소희를 그렇게 대할 길은 없을까?)

안타까운 그리움이 준걸이의 가슴속을 속속들이 파고 들 때 준걸은 멍하니 천장만 치어다보며 지나간 날을 회상도 해보았다.

(이젠 소희는 과연 영철의 것일까?)

생각이 이렇게 될 때 준걸은 소희를 씹어 먹고도 싶은 악 마적 심리로 변하기도 하였다.

그러나 준걸의 그런 생각도 순간적이었다. 떠오르는 소희 의 환상은 머릿속에 낙인을 친 것처럼 사라지지 않았다.

(만일에 소희가 한번 실수로 영철에게 몸을 더럽혔다 하더 라도 내가 만일 진정루 그를 사랑하는 이상 그가 내 품안 으로 오기만 하면 나는 그것을 용서해 줄테야. 그까짓 실수 로 그르친 정조를 문제 삼으면 뭘해?)

이렇게도 자기 스스로 소희를 자기 것처럼 준걸은 생각해 보기도 했다.

(그러면 소희를 만나 한번 더 내 심정을 하소해 볼까? 그 러다가 어리석은 사내라구 욕하면 어떡하나? 그러나 금강산 까지 자기를 찾아 갔던 말을 허구 그리구 병들어 비로봉에서 고생한 이야기꺼정 하면 소희의 맘도 돌덩이가 아닌 이상 내게루 돌아설거야! 그럼 내일은 일요일이니깐 일찍이 소희 를 찾아가 한번 이야기나 해볼까? 그러나 정면으로 그리다 거절을 당하면 재미없을테니깐 우선 편지루 어느 정도까지 저편의 눈치를 보아 적극적으로 해보는게 더 좋을게야!)

준걸의 그 저돌적인 굳은 의지도 여기에는 적용되지 않는 모양. 그는 찾아 가려던 것을 단념하고 그만 편지를 쓰려고 작정했다.

"사랑하옵는 소희씨!"

아니 그것보다도

"사모하옵는 소희양께!"

이렇게 쓰는게 나을거야.

준걸은 다른 종이에 이렇게 허두를 잡아놓고서 편지를 쓰기 시작했다.

'저는 끝없는 절망 가운데서 지금 이 글을 쓰나이다. 벼랑에서 떨어져 깊은 못 속으로 들어가려는 순간 지금 저는 조그만 나무가지 하나를 붙잡았나이다. 이 나무가지야 말로 제가 놓지 못할 소희씨인걸 소희씨는 왜 몰라주십니까? 서 울을 떠나면서도 굴욕과 눈물속에 정처 없이 돌아다니고 시골로 돌아와서는 영숙씨께서 소희씨와 영철씨가 금강산으로 가셨다는 소식을 듣고 너무도 가슴이 답답하여 그 다음 날 무작정하고 장안사로 가서 소희씨를 찾아 봤지요. 그러나 거기 소희씨는 계시지 않았습니다. 그리하여 온 금강산을 두루 헤매며 찾아보질 않았겠어요. 유점사로 미하연으로 비로봉으로 숙박할 수 있는 곳이면 그 어데나 모조리 찾아보았지요. 그러나 소희씨는 찾을 길이 전혀 없더이다. 중로에 찬비도 맞고 밤길도 걷는 동안 비로봉에 와서는 독감으로 사흘이나 고생을 했죠. 주인이 간곡한 간호와 또 초약으로 간신히 병을 나아가지고 온정리까지 와서 온 마음을 다 찾았건만 끝끝내 찾지를 못하다가 겨우 온정리 호텔에 가서야 소희씨 소식을 알게 되었나이다. 그러나 그때는 이미 소희씨와 영철씨가 떠난 때였습니다. 그것두 제가 온정리에 도착한 날 아침이라니 반나절만 일찍 갔더면 소희씨를 만나 뵈었을 것이었만 불운의 이 몸은 끝끝내 소희씨를 만나뵙지 못한 채 상한 가슴을 부둥켜 안고 쓸쓸히 이곳으로 돌아왔나이다. 그후 학교에서 그나마 뵈옵는 소희씨가 끝없이 반갑기는 하면서두 이상히도 달라진 것 같은 소희씨를 생각할 때 저는 오직 가슴만 탈 뿐이었습니다. 사랑이란 그 무언지 끝없는 불길이 끊임없이 가슴속에 불타고 있어, 밤이면 잠을 들지 못하게 하고, 낮이면 미칠 듯 어지러움을 주어 정신상은 말할 것도 없고 육체적으로도 견딜 수가 없나이다.

잊으려나 잊어지지 않는 이 괴로움을 어떡허면 버릴 수가 있겠습니까? 어떤 사람이 인생의 사백사 병(病) 가운데 연애병까지 넣어 가지고 사백오 병을 만들자는 연애병 환자도 보았나이다만 참말 이것이 병이 아닐진대 이다지도 사람을 괴롭힐 수가 있을까요? 더구나 요즈음은 귀뜨라미 소리에 가슴이 아픕니다. 산산한 바람이 누른 잎을 스치고 가는 것도 웬셈인지 내 병든 가슴을 차고 쓸쓸한 공상으로 만드나이다. 저는 오직 소희씨를 위하여 평생을 바치려하나이다.

이 마음을 소희씨는 이해해 주시지 않으렵니까!

길고긴 말씀을 다 못 드리고 이만 그치나이다.

준걸상'

준걸의 편지는 가장 불행한 때 소희게 배달되었다. 그것은 동경에 들어간 영철이가 '엥게이쥐 링'이라고 보낸 다이야몬드 반지 소포와 그의 장문의 편지와 함께 소희게 전하여진 때문이다.

뒷쪽에 이름도 없는 편지는 뒤로 두고 소희는 손빠르게 영철의 편지부터 떼어 보았다.

'약혼하는 의미로 다이야몬드 반지 하나를 보내오!' 하는 구절을 읽는 순간 소희는 얼른 조그만 소포 꾸러미를 급한 손으로 떼어 젖히지 않을 수가 없었다.

알고도 그대로 넣었는지 점원의 부주의로 그것을 떼지 못 했는지는 모르지만 빨간 실이 달린 흰 딱지에는 '六百八十圓 '이란 타이프라이터로 찍은 정가표가 뚜렷이 금강석 반지에 달려 있었다.

"어쩌문!....."

소희는 가슴에 파동치는 기쁨의 물결에 자기도 모르게 그 반지를 멍하니 바라보면서 망연자살하고 있었다.

"어머니 영철씨께서 편지가 왔어요."

소희는 넋을 잃은 듯이 앉아 있다가 무의식중에 소리를 치 며 안마루로 올라갔다.

"뭐 뭐랬니?"

어머니는 집에 온 편진줄 알고 이렇게 반문하자 소희는 깜 짝 놀라

"제 제게 왔는데요 안녕히 계시다구요! 그리고 어머님 적적 지 않도록 해드리라구요."

소희는 얼른 이렇게 꾸며 대고는 다시 자기 방으로 돌아와 그 반지를 왼편 가운데 손가락에 끼워도 보고 빼어도 보았 다. 금강석이 좋고 빛나는게 어쩌면 그렇게도 손가락이 잘 들어맞는지 소희는 그 반지의 가치보다도 자기 손에 꼭 맞 는게 더 유쾌하였다.

"어쩌문 이렇게두 좋구 꼭 맞는 걸 사 보내셨어....."

기쁜 나머지 이렇게도 중얼거려 보았다.

그리고는 반지 낀 그손으로 간드러지게 턱을 괴고 체경앞 에 서 보기도 했다. 분홍으로 물들인 듯 가을 볕에 잘 익은 빛좋은 능금 껍질과도 같이 발그스레한 양볼에 웃음이 흐르 는 것과 영롱한 눈 그리고 반짝이는 반지 낀 손이 소희게 있어서 아름다운 미의 삼위일체 같기도 하였다. 소희는 얼 른 책상에서 지난 여름 영철이가 주고간 영철의 사진을 꺼 내 들고 뚫어질 듯 그 사진을 보면서 번갈아 체경에 비친 제 얼굴을 바라보기도 했다. 비록 상반신만 박은 것이지만 영철을 보는

듯이 반가왔다.

"아이 나두 동경으루 갔더면 얼마나 행복스러웠을까?"

행복에 찬 희열이 소희의 가슴에 벅차 오를 때 소희는 자기도 모르게 웃음이 터져나오는 것을 참을 수가 없었다.

소희는 편지를 다시 한번 읽고난 뒤에 사진과 반지와 편지 를 한데 접어 책상 속에 넣고 쇠를 잠겄다. 그러나 그것을 그대로 두기는 너무도 아까운 것 같았다.

그것을 들고 거리거리로 외치고 다니고도 싶었다. 그러나 그럴 수도 없는 일 소희는 멍하니 영철을 다시금 생각해 보았다. 그때 땅에 떨어진 이름도 없는 편지가 눈에 띄었다.

"아! 참 아까 같이 온 편지지?"

이상한 불안 속에 그 편지를 손에 든 소희는 벌써 그 편지 의 주인공이 누군지를 알고 보지도 않고 갈가리 짖어 아궁 에 집어 넣은 뒤에

"원 승겁기두 한 사람."

하고 침을 뱉았다.

"그렇게두 사람이 눈치가 없담! 흥!"

소희는 다시 한번 비웃음 속에 그를 조롱하듯 중얼거리고 는 영철에게 회답을 쓰기 시작했다.

구월 그믐께! 영철은 깊어가는 가을 밤 육조방 너른 하숙 에서 자리에 엎드린 채 소희게서 온 편지 회답을 쓰고 있 다.

몇줄 안남은 편지를 끝마치려고 하는 순간 뜻아닌 하 (원문에서 글자 판독 불가능)

"주무세요?"

"왜?"

"손님이 오셨는 뎁쇼!"

"누가 왔어요?"

"여자 손님!"

"들어오시래요."

침의 입은 그대로 자리에서 일어나며 영철은 누굴까? 혜옥 인가? 하고 속마음으로 생각하면서 방문을 열어 젖혔다.

벌서 하녀의 뒤를 따라 이층으로 올라온 여자는 영철이 가 까이 오자

"이선생이시죠?"

하고 긴장된 얼굴로 바라본다.

"녜 이영철입니다."

영철은 처음 보는 이 여성을 의심나는 눈으로 바라보았다.

"저어 김혜옥이가 지금 독약을 먹었어요."

"네?"

영철이 머리에는 엊그제 찾아왔던 혜옥이게 절교 선언을 하던 일, 그리고 그 선언을 듣고 '밴 어린애는 어떡하겠느냐 '고 물을 때 양육비는 드리마 하고 딱 잡아떼던 일, 돌아가 던 일이 파노라마 같이 번쩍이었다.

"막 병원으로 차는 태어 보내기는 했는데 생명이 위독해 요!"

"어느 병원으로 갔어요?"

"××병원으루 갔어요."

"그런데 어떻게 저 있는 곳을 알구 오셨어요?"

"봉투에 써났어요 이야기는 천천히 하시구 자! 같이 가시 죠."

"……………"

무시무시했으나 죽는다는 사람을 가보지 않을 수 없어 양 복으로 손빨리 갈아입은 뒤 영철은 그 여자를 따라 나섰다.

문밖에는 택시 하나가 기다리고 있었다.

영철은 두근거리는 가슴으로 아무 말도 못하고 머리만 숙 이고 차에 올랐다.

(내가 너무 떼는 방법이 서툴렀어!)

그는 이렇게 후회도 해보고

(비록 법적으루 내가 죄되는 일은 없대두 저이가 죽으면 두 생명이 없어지지를 않나?)

하는 양심상의 가책을 받지 않을 수 없었다. 그러나 무엇 보다 그에게는

(죽었으면 신문에 날테구 신문에 나면 세상에서 다 알게 될테구! 그리면 나는 사회적으로 매장을 당하구 더구나 소 희와의 관계도 끊어 질게 아닌가?)

하는 것이 더 안타까왔다.

(어떡허든 잘 조처해야 될텐데 그리자면 혜옥이가 죽지만 말았으면!)

이렇게 생각한 그는 혜옥이가 죽는게 가엾다는 것보다도 자기 자신에 게 닥쳐올 운명이 위급하여서 옆에 앉은 여자편 으로 얼굴을 돌리어

"아주 위독해요?"

하고 물었다.

"네 원체 많이 먹었구 또 먹은 시간이 오랬기 때메!"

"먹은지 몇 시간이 지난 뒤에 발견했어요?"

"그건 잘 몰라요!"

"……………"

영철의 가슴은 아팠다.

그들이 병원에 발길을 들여놓았을 때 혜옥은 침대에 누워 는 있었지만 안절부절 불똥 튀듯 이리 누웠다 저리 누웠다 머리를 이편으로 돌렸다 저편으로 돌렸다 하며 마치 불속에 뛰어든 벌레 모양으로 안타까와 하였다.

"가서요. 가서요! 미안해요!"

영철이 모양을 보자 혜옥은 최후 가는 길에 한때나마 사랑 했던 그이를 원망할 필요가 없다는 거룩한 생각이 들었는지 보통 사람이 생각하는 것과는 예상밖으로 부드러웠다.

"글쎄 이게 웬 일요?"

울상을 하고 영철은 혜옥이 손을 붙들었다. 손은 따근따근 열에 타고 있었다. 말라는 입술, 가쁜 숨소리, 이따금 혀를 내밀며 아유아유하는 안타까운 말소리, 허트러진 머리며 내 놓은 젖가슴, 이것은 벌써 여성이 아니요 한 개의 마귀로 화한 양이 똑똑히 보였다.

약물을 마시지도 못하고 겨우 타는 입술을 스푼으로 떠서 바르는 애처로운 양.

"아유 난 죽어."

하고 절망적 비명을 하고는 힘없이 쓰러지고 쓰러졌다는 다시 일어나 가쁜 숨을 할딱거리며,

"영철씨 난 죽어요."

하고 원망하는 눈초리로 바라보는 양은 아무리 무쇠로 만든 영철의 가슴이라 할지라도 갈피 갈피 아픈게 찌르르 하지 않을 수 없었다.

"어떡허든 살기만 하우! 내 모든걸 잘못했으니 자! 살아요, 살아요 그리군 잘 살어봅시다."

"아뇨 아뇨..... 아이 배야, 아이 배야."

허리를 꼬부리고 허트러진 머리를 쩔레쩔레 흔들면서 그는 다시 소리를 버럭 지른다.

"배가 아푸우?"

"..............."

"저걸 어떡해!"

영철은 저혼자 중얼거렸다.

"가요 가요! 내가 다 잘못 했어요! 가요 그렇지만 이 애가 가엾어....."

눈물에 젖은 혜옥의 얼굴이 고통 속에서도 거룩하게 보이었다. 낳지도 않은 어린애에 대한 모성애가 타올랐음인가 그의 말소리에 영철은 가슴이 찌르르 했다.

"어떻게 도리가 없겠습니까?"

의사게 물어봤으나 열시간 이내에 죽으리라는 것이 그의 대답이었다.

(죽다니 죽으면 그는 그뿐이 아닌가? 죽다니 두 생명이 죽다니!)

이렇게 생각을 하니 비록 어여쁜 소희를 얻기 위해 혜옥이 를 버린 자기지만 최후 가는 혜옥이가 끝없이 가엾었다.

(그러나 의사가 구할 길이 없다니 어떡허나?)

영철은 타는 가슴으로 다시 혜옥의 뜨거운 손을 만지면서,

"살아요. 꼭 살아요. 살아만 나면 잘 살어 보십시다."

이렇게 간곡한 말소리로 외쳐도 보았으나 혜옥이의 숨찬 호흡 (원문에서 글자판독 불가능) 로도 그것이 다시 소생하리라고는 생각지 못하였다.

"어쩌나 어쩌나 죽으면 어쩌나! 혜옥이 살아요. 응! 꼭 살 어요?"

머리에 빙낭도 대주고 손도 주무르고 빛 달라진 눈자위도 들여다 보았다. 그러나 혜옥이의 용태는 점점 악화만 되어 갔다.

(참말로 죽을려나? 참말로 가버리려나?)

이렇게 생각하니 한편 가엾기도 하고 한편 자기 운명이 진 한 것 같아서 가슴이 답답하였다.

의사의 예언보다 두 시간이나 이르게 아침 일곱시 오분 혜 옥은 끝끝내 살아나지 못하고 한많은 세상을 떠나버리고 말 았다.

영철은 혜옥이가 최후로 눈을 감으며 외우던 괴테의 시 '그 레첸의 방'을 생각하며 원문으로된 괴테 '파우스트'를 한권 관속에 넣어 주었다. 수의며 관이며 모두 값비싼 것으로 장 례를 호사스럽게 지내주고 나서 무덤에 몇번이나 엎드려 흐 느껴 울었다. 그러나 흙속에 묻힌 혜옥이가 이것을 알 리는 전연 없었다.

사람은 흔히 죽음에 대하여 자비를 베푸는 것이지만 영철 은 참말

혜옥이 죽음을 진심으로 애통하였다. 그리하여 그 는 이상히 떠오른 자비 때문에 혜옥을 생각하게 되고 또 그 를 생각하게 되는데 따라 그가 최후로 외우던 '그레첸의 방' 을 매일매일 되풀이 해 읽기도 했다. 때때로 무덤을 찾아서 꽃을 꽂아 주고 물도 부어 주었다. 엎드려 울기도 하고 또 무덤을 쓸쓸히 보기도 했다. 그러나 안타까운 마음은 그로 하여금 매일매일 고민의 세계로 인도하여 밤마다 독한 술을 마시고 '마찌아이'서 기생과도 자고 혼자 자기 하숙방에서 울기도 했다. 그러나 그 최후로 외우며 눈을 감던 혜옥이의 말소리는 영철의 귀에서 사라지 지 않았다. 귀를 막아도 보 고 귀를 씻어 보았으나 그 말소리는 사라지지 않고 잊을려 고 애쓸수록 그의 귀에 더 새롭게 들리는 것이다.

마음은 어지럽고 가슴은 괴로워 안정(安靜)은 끝내 오지를 안네 그이 가 없으면 그 어데나 무덤이니 이 세상은 고해(苦海)라 할까 가엾은 이내머리 미칠듯도 애처롭다 이마음 천갈래도 찢기네 마음은 어지럽고 가슴은 괴로워 안정은 끝내 오지를 않네 창녀머론 그 사람만을 바라보 고 집을 나가는건 그이를 찾아갈 뿐 웅자한 발걸음 존엄한 몸매 입가의 잔 웃음 그 눈동자의 힘 그 말의 흐르는 매력 잡는 손 아아 그 입맞춤 마음은 어지럽고 가슴은 괴로워 안정은 끝내 오지를 않네 내 가슴은 그이에게로 다가서네 아아 나야말로 그 사람을 끌어안고 내 생각은 그대로 입맞춰 봤으면 그이의 입맞춤에 내몸이 식어져도 이 시를 외울 때면 떠나간 혜옥의 그 열에 타는 모습 (원문에서 글자판독 불가능) 가운 데서도 똑똑히 외우던 그 시구가 귀에 새겨진 듯 들리 었다. 영철은 다시 술잔을 들었다.

하권

갈등

—

소희게로 편지를 보낸 다음 준걸은 아침 저녁으로 하회를 기다려 보기도 하고 매일 만나는 소희의 표정을 살펴 보기 도 했지만 편지를 읽은 듯한 기색은 조금도 보이지 않았다.

평소와 같이 그저 새침한 태도로 말없이 인사나 할 뿐 더 다정한 맛도 더 소원한 맛도 없었다.

준걸은 소희 얼굴을 볼 때마다 가슴이 두근거리고 혹시 자기게로 시선이 와서 제 시선과 마주만 치게 되면 그만 얼굴이 화끈 달아 오르곤 했다. 그러나 뭐라고 말할 수도 없는 심정은 다만 가슴만 답답하고 안타까울 뿐이다.

그 어느날 아침 준걸은 일찍 학교로 와서 소사가 우편수부 함에서 꺼내온 편지를 뒤적이다가'희준'에게 오는 영숙의 편지를 발견하게 되었다. 희준은 같은 학교 선생으로 동경 고등사범학교를 겨우 육개월

다니다가 그 어떤 사정으로 퇴학 한 이다. 어느때나'고사' 학생이었다는 것이 그의 유일한 자 랑이었다.

그런데 영숙이가 희준에게 편지를 보내는 건 이상한 일이 었다. 준걸은 다시 그 봉서를 똑똑히 들여다 봤다. 아무리 봐도 그것은 영숙이의 필적이 분명하였다. 비록 이름은 쓰 질 않았어도 틀림없는 영숙이 편지였다.

그러나 그때 바로 희준이가 사무실 안으로 들어섰기 때문 에 준걸은 그 이상한 편지를 어떻게 뜯어볼 용기도 갖지 못 하고 자기 자리고 비켜서면서 새로온 신간 잡지 봉투를 떼 고 있었다.

(그게 영숙이 편지가 확실하지! 그럼 그걸 좀 뜯어 볼걸!)

준걸은 혼자 중얼거리며 잡지 목차를 뒤적이고 있었지만 공연히 가슴은 울렁거렸다. 비록 자기가 탐탁하게 생각하던 여성은 아니지만 자기와 그동안 조그마한 친분으로나마도 관계가 있었더니만큼 준걸에겐 그것이 한편 의심도 되고 한 편 불안도 하였다.

그러나 벌써 때는 늦었다. 준걸이가 서울 강습 간 뒤 영숙 이는 그에게 거의 실연을 당한 분한 마음을 풀길이 없던 가 운데 우연히 희준이와 가깝게 되었다. 그는 남의 행복을 깨 치기 좋아하는 특성을 가진만큼 희준은 준걸과 영숙이와 사 이가 가까운 관계를 알고 기어히 그 두사이를 멀리 하려는 심정에서 영숙이를 친한 것이다. 그리하여 그동안은 가지가 지로 준걸을 중상하는 일방 영숙을 감언이설로 꾀어 자기 손에서 꼼짝 못하도록 만들어 놓고 말았다. 더구나 구월 신 학기에 영숙이가 서울로 갈땐 부랴부랴 영숙이를 따라 서울 까지 가는 동안 별 별 수단으로 떨어질 수 없는 관계까지 맺어 놓고 말았다.

이런 것을 준걸이가 알 리는 조금도 없었다.

그러나 준걸은 그게 그렇게 오랫동안 마음에 걸리지는 않 았다. 그것은 영숙이야 어찌되든 어떡하든지 소희와의 사랑만을 얻을 수 있다면 행복 되리라는 일편단심이 가슴 깊이 박히고 있기 때문이었다. 그리하여 그는 회답없는 소희게 또 다시 한 장의 편지를 썼다. 그것은 일전 편지를 받아 보았으며 그 편지에 대해 어찌해서 회답을 주지 않느냐는 것 을 눈물겨웁게 쓰고 자기는 평생을 두고 소희를 잊지 못할 터이니깐 이 골수에 맺힌 사랑을 어떡하면 좋으냐는 내용으로 그리 길지 않게 써 보냈다. 그리고 어떤 말이든지 회답을 주어 가슴에 불타고 있는 짝사랑의 불길을 끄도록 해달 라는 것을 끝으로 간곡하게 썼다.

준걸은 편지를 쓰기 바쁘게 포스트복스에 갖다 넣고 회답 오기만 기다리고 있었다.

그 다음날 아침 소희는 준걸의 편지를 또 한 장 받을 수 였다. 그러나 지금의 소희론 그것이 부질없는 장난으로 밖 에 보이지 않았다. 비록 입술만이라 하더라도 처음으로 바 친 사내가 있거던 다른 사내게서 편지를 받는다는 것조차 자기의 순결을 더럽히는 것이란 생각과 또 소희 가슴속에 불타는 영철에게 대한 첫사랑의 불길이 소희로 하여금 준걸 이 편지 같은 건 다시 볼 아무런 가치도 없던 것이다. 더구나 얼마 전 영철이와의 약혼반지를 가슴깊이 간직한 오늘날 에 있어서는 오직 영철이 이외의 다른 남자가 존재한다는 것을 조금도 생각할 여지 가 없었다. 그런 소희게 준걸이가 아무리 순정을 다해 쓴 수백 장의 편지를 보낸다 하더라도 소희 마음을 털끝만큼도 움직이게 할 수는 없는 것이다. 더 구나 그런 편지를 받기가 무섭게 읽어 보지도 않고 아궁이에 불태워버리는 소희로서는 그 편지가 어떤 것인 것조차 알 수 없는 것이다.

(그런데 영철씨한테선 어째 편지가 없누?)

소희는 눈을 깜박이며 보름이나 되도록 아무 소식이 없는 영철이가 궁금하였다. 그동안 두 번이나 편지를 했건만 어 쩐 셈인지 아무런 회답도 없기 때문이다.

(어디 편찮으시나? 혹시 또 다른 여성을.....)

이렇게도 생각해 보았다. (그러나 혹시 몸이 편찮으시고.... 그렇지만 어째서 아무런 소식두 없으실까 두 주일이나 됐는 데.....) 이렇게 혼자 조바심치며 있는 소희게 전보 한 장이 배달되었다.

그것은 오늘 저녁차로 영철이가 도착된다는 전보였다.

(어쩐 일야? 방학 때두 아닌데.....)

소희는 가슴이 두근두근 했다. 그리고 소식없던 영철이가 온다는 것만도 소희게는 커다란 기쁨이 아닐 수 없었다.

(이게 참말일까?)

꿈을 꾸는 듯 소희의 정신은 몽롱하였으나 그날밤 온다던 영철은 참말로 오고야 말았다. 그날이 바로 십 일원 십 오 일 꼽아보면 서로 이별한지 만 두 달이란 세월이 흘렀다. 그 동안 어쩐 셈인지 영철이의 얼굴은 몰라보리만큼 파리해져 서 그렇잖아도 살기가 없는 얼굴이 더 뾰족해졌다.

영철의 말에 의하면 동경 들어가는 길로 졸업 논문 제작에 착수하여 주야를 돌보지 않고 써냈기 때문에 소화불량이 생 기고 신경쇠약이 되어 먹지도 못하였고 신음한 때문이라 한 다.

그러나 사실에 있어서는 영철은 그 때문이 아니었다. 졸업 논문을 반밖에 만들지 못한 채 내버려 두고 혜옥이 자살사 건 때문에 아무 일도 손에 잡히지 않아 밤낮으로 술만 마시 구 청루가 아니면 '마찌아이' 에 가서 밤을 새는 것이 거의 일 과같이 되어 나중엔 그만 소화 불량증이 생기고 신경쇠약이 된 것이다.

영철은 몸도 몸이지만 또 한가지 중대한 일이 있었다. 그 건 밤마다 혜옥이가 문을 두들기는 통에 — 사실 밤중만 되 면 혜옥이가 꼭 문을 두들기는 것 같았다. 그만 질겁을 하 여 견딜 수가 없는 때문이었다. 그래서 부랴부랴 짐을 싸가 지고 조선으로 나온 영철은 웬 셈인지 고향의 하늘을 보자 마음이 다소 안정되는 것 같기고 하였다.

영철은 집에 오는 길로 자기방을 다시 치우고 자리를 하고 누웠다. 보약을 지어다 먹고 기름진 음식을 먹으며 그는 한 가로운 시골의 맑은 공기 속에 그날 그날을 보내고 있었다.

二

세월은 흘러 어느덧 십 이월 보름이 되었다.

벌써 나뭇잎은 모두 떨어지고 고목 여윈 가지엔 찬 바람만 이 스치고 지나가는 겨울이 오고 말았다.

눈! 흰눈이 푸뜩 푸뜩 떨어지기 시작하는 밤 영철의 방에 서는 밤 늦도록 소희와 영철의 은실을 뽑은 듯 가느다란 말 소리가 소근소근 들리었다.

"다시 동경으로 가긴 해야겠는데 소희를 떨어져 어떻게 가 우? 응! 우리 그만 같이 가요. 그까짓 소학교원 노릇을 뭐이 좋다구 하구 있대? 더구나 내 아내를 그런 자리에 두구 싶 진 않어."

영철의 불타는 눈이 소희 얼굴을 뚫어질 듯 바라볼 때 소 희는 눈물이 핑 돌았다.

"글쎄 봄까지만 허구 그만 둔다는데요, 뭐 석달밖에 더 남 었어요....."

"그건 그래두 난 소희때매 모든게 다 귀찮어요."

보드러운 소희 손가락에 끼워 준 반지를 만지며 영철은 다 시 뽑은 듯 고운 열 손가락을 차례차례로 만지었다. 그것은 마치 무슨 고귀한 조각에 온도를 마친 듯 보드라웁고 따스 하고 어여쁜 것이었다.

"소희..... 나와 속히 결혼할 생각이 나지 않어?"

"속히 하고 싶지만 금년은 못한다면서요?"

"글쎄 금년은 못할 형편이지만 그럼 우리 내년 삼월 그믐 께 할까?"

"그러죠....."

"아이 내 사랑....."

소희의 볼을 왼편손으로 살짝 스치며 때리는 체했다.

"아이 아퍼....."

별인 듯 반짝이는 소희의 눈이 영철의 눈과 마주쳤다.

"저 때문에 오셨어요 뭐?"

"그럼 소희가 없으면 여길 뭣하러와..... 동경 근처엔 정양 할 곳이 없나?"

"?..............."

생각하니 그럴 것도 같았다.

"소희씨게 한 가지 부탁이 있는데!"

"뭐요....."

"내 머리를 좀 짚어 줘....."

자리에 누운 채 영철은 소희의 손을 갖다 대었다.

"영철씨 맘대루 손을 가져가시면서 무슨 부탁야요?"

"뿌리칠까봐....."

"호호....."

"그럼 뿌리치진 않지?"

영철은 누운채 두 손을 들어 소희 몸을 끌어 당겼다.

"아이....."

소희는 약간 거절하는 체하면서 끌리는대로 따라갔다.

"내 사랑 내 아내....."

영철은 힘껏 두 볼에 입을 대었다. 소희도 끌어 안긴 채 꼼짝도 하지 않았다.

"나는 소희를 영원히 영원히 잊질 못할테야, 이 고운 보 (원문에서 글자판독 불가능) 듭했다.

불타는 사랑에 취한 그들은 그밤이 가는 것도 몰랐다.

그러나 이날밤 준걸은 무슨 인스피레이슌의 작용인가 소희 의 방이 있는 담너머서 구슬픈 휘파람을 불며서 눈보라 속 에 이리 걷고 저리 걷고 있는 것을 소희는 생각하지 못했을 것이다.

　소희는 새벽 세시나 돼서 자기 방으로 돌아왔다. 그러나 그때는 벌써 소희는 처녀의 보배는 여지 없이 때뜨려지고 만 때다.

별리

—

그 다음해 정월 그것도 눈 오는 날 저녁 영철은 다시 동경으로 떠나갔다.

영철을 보내는 소희의 마음엔 지난 구월에 헤어질 때와는 딴판으로 남편이 멀리 떠나가는 그런 울적한 기분이었다.

영철도 소희가 자기 아내 같아서 그 전과도 다르게 떠나기 전날 밤은 집안을 잘 보살피라는 말이며 어머님 시중을 잘 들어드리란 말이며 토지에 관한 이야기, 추수에 대한 이야기며 가정 경제에 대한 가지가지 이야기까지 하였다.

소희는 그 말을 머리를 숙이고 듣고 있었다. 이야기가 길면 길수록 그 집이 더욱 제집 같은 생각이 나고 영철이가 제 남편 같은 생각이 나서 눈물이 겨웁도록 영철이가 미더웠다.

(나는 무슨 복을 타고 나서 고생으로 부모도 없이 자란 몸이 이다지도

행복스러울까?)

하고 생각을 할 때에는 그만 눈에는 눈물이 핑 돌기도 하였다.

마음은 사랑의 불타는 작은 맥박으로 소희의 심장을 더 한층 높이 뛰게 하였다.

그러나 영철이가 동경으로 들어간지 며칠이 안 되어 소희게는 청천의 벽력 같은 소식이 들렸다. 그것은 소희있는 보통학교서 백리 길이나 되는 K공보교로 전임 사령이 내린 것이다. 소희는 '삼 학기에 무슨 이동이야, 그 까짓것 그만 사직해 버리지'하는 생각도 했지만 불과 석달이면 의무연한이 끝나는 걸 그걸 채우지 않기 때문에 무책임한 사람이 되고는 싶지 않았다. 그래서 소희는 생각하던 끝에 영철에게 이런 사정을 오해 없도록 편지로 써 보내고 그만 부임지로 떠나고 말았다.

그러나 소희의 이 자기게 부여된 의무를 충실히 한다는 정성된 마음은 영철에게 커다란 분노를 샀다. 그것은 소희가 영철의 회답을 기다리지 않고 자기 맘대로 떠나갔다는 게 영철의 자부심을 꺾었다 하여 크게 분노를 산 것이다.

그것만이라면 영철의 일시적 흥분만 사라지게 되면 그를 용서할 아량도 없는 것은 아니지만, 그보다도 한 장의 밀서가 영철로 하여금 소희를 극도로 의심하지 않을 수 없게 만든 것이다. 그 밀서라는 내용이란 이런 것이었다.

'소희씨는 당신의 애인이 아니요. 준걸의 애인인 줄을 당신은 왜 모르십니까? 당신의 돈을 탐내는 소희는 당신을 이용하려는 수단에서 당신을 사랑한다고 헛웃음을 판 것임을 모르시는 것이 퍽 보는 사람의 눈을 딱하게 만듭니다. 이번 소희가 전근이 된 것도 결국 자기가 그곳으로 운동한 겝니다. 그것은 준걸군이 며칠 전 그곳으로 전임된 때문입니다. 그렇게 못살게끔 떨어지지 못하는 소희와 준걸의 사이를 당신은 모르시구 그를 사랑하고 있다는 건 당신 장래를 위하여 크게 우려할 일입니다.

　방관생'

　편지를 다 읽은 영철은 다시 봉투를 보았다. 필적은 자세 알 수 없으나 일부인은 자기 고향 S읍이란 것이 똑똑히 찍혀 있었다.

　(결국 소희는 가난한 환경의 사람과 결혼한다는 것이 참말이었던가?)

　이렇게 생각하니 영철의 가슴은 적막하였다.

　(그러면 소희는 그에게두 정조를 바쳤을 게 아닌가? 준걸에겐 참된 사랑으로 내게는 돈이나 의리 때매)

　사람이란 남을 버린 때는 그리 이롭지 않았지만 남에게 버림을 당할 때는 괴롭고 아픈 것이다. 이것이 가엾은 평등주의자 영철에게도 들어맞는 한 개의 진리였다.

　그날 밤 영철은 밤새껏 잠을 못자고 고민을 했다. 가버린 소희게 대한 생각이 못살게도 영철의 자존심을 꺾어 버리고 사랑의 꽃동산을 무찔러 놓은 때문이다.

이리하여 영철은 고민 속에 하룻밤을 새고 나서 그 이튿날 충혈된 눈으로 소희게 장문의 편지를 썼다.

그러나 그 안타까움 속에 쓴 편지는 끝끝내 가버린 그대로 돌아오지도 않고 또 그에 대한 아무런 회답도 오지 않았다. 더구나 그 곳에 갔으면 잘 갔노라는 편지쯤은 있을 것이 당연한 일이건만 그것조차 없는 걸 보면 소희는 아주 가버려 다시 볼 수 없는 어여쁜 별과도 같이 생각이 되어 가슴이 쓸쓸하였다.

여성을 하나 사귀고 버린다는 것을 그렇게 어려운 일로 알지 않던 그에게 이같이 고민하는 영철의 마음은 한 개의 기적이었다.

(나를 버리다니, 준걸이 같은 녀석에게 그 아까운 소희를 빼앗기다니?)

생각만 해도 그것은 부끄러운 일이요, 분한 일이었다.

(그럼 왜 소희가 내게 몸은 허했을가? 왜 금강석 엔게이지링은 받았을까? 그리구 나와 오는 삼월 결혼식을 한다구는 했을까? 그게 모두 거짓말일까? 더러운 계집요녀 같은 년.....)

이렇게 소희를 원망도 해보았다.

(그럼 왜 당신과는 도저히 결혼 할 수 없어, 준걸이와 결혼을 하니 그리 알기나 하라고 똑 맺고 끊는 편지 한 장두 보내지 않는담. 침묵으로 나를 괴롭히려는 건 비겁한 행위가 아냐? 그러면 내가 무슨 항의를 할까봐? 아 비겁한 계집 가정 교육이 없는 계집이니 그럴 수 밖에...)

이렇게 욕도 해보았다. 그러나 그러면 그럴수록 가슴은 더 괴로웠다. 끝없는 고독이 가슴을 파고 들었다.

정월이 다 가고 이월이 오도록 소희게서 편지는 오지 않았다.

(매정한 계집... 내 반생에 그렇게두 진정으로 사랑한 여성이 고따윗 계집이람? 온참 속아두 그렇게 맥힌년 한테 속는 건 더 아픈걸.....)

소희의 젖은 듯 그리고 윤기 있어 보이는 까만 눈이 영철이 눈앞에 아질아질 할 때 영철은 가슴을 치며 부르짖었다.

(고 눈이, 고 눈이 사람을 속이는 눈이거든.....)

자리에서 벌떡 일어나 영철은 위스키 병을 들어 몇 잔을 따라 마시었다.

아질 아질 취흥이 솟아 오를 땐 미칠 듯이 소희가 다시 그리워져서 견딜 수가 없었다.

(매정한 계집년이거든. 고런 야속한 계집을 평생 내 아내루 삼으려는 내가 잘못이지, 어쩌면 고따위 쉬파리 같은 계집을 온 참 그럼 나는 또 다른 여성을 구해야 한단 말인가? 혜옥이 사건 이후로는 한 여성을 만나 평생을 같이 하려고 결심한 그 굳은 맹세를 소희 고 계집때메 꺾어버리고 말아야 한담?)

아무래도 잊을 수 없는 소희 생각에 초조하던 영철은 앉았던 자리에서 벌떡 일어섰다. 몇잔 술에 흥분된 머리로 옷을 갈아입고 문밖을 나서서 그는 거기서 멀지 않은 ××카페로 발길을 옮겨 놓았다. 심심할 때마다 늘 가는 그 카페에는 '아끼꼬'란 예쁜 계집이 어느 때든지 방글방글 미소를 띄우고 맞아 준다.

유달리 오늘 우울한 표정으로 들어서는 영철이를 보자 "아이 왜 이 모양이세요..... 제가 퍽 보구 싶든 가봐?" 하고 말큰한 두 팔로 목을 끌어안아 준다. 영철은 아무 말도 없이 한편 모퉁이에 앉아 술을 청했다. 그러나 그 밤이 다 가도록 먹었지만 마음은 가라앉지 않았다.

二

며칠이 지난 그 어느 날 동경의 눈보라도 마지막인 듯 처량한 황원을 흔드는 밤! 영철은 시외 에고다(江古田)에 있는 명신(明信)이를 찾아 갔다.

이층 마도(유리창)까지 닫치고 '고다쯔' 속에 묻힌 명신의 방은 푸른 빛 커어버를 씌운 전등이 불빛도 은은하게 비치어 아름답고 포근한 맛이 방 가득히 흘러 넘쳤다.

"오셨어오....."

와후꾸(일본 옷)를 입은 채 명신의 얼굴은 더 한층 명랑해 보였다.

"밤이 늦었는데 미안합니다....."

"아뇨 아직 여덟신데요 뭐....."

"시험은 다 치르셨어요?"

"네, 학과 시험은 다 되고 성악 시험 뿐야요....."

명신은 무장야음악학교(武藏野音樂學校) 성악과의 졸업반이다. 그들은 지난 일월 조선갔다 오는 길에 차중에서 우연히 알게 되어 그후 몇 번 서로 만날 기회가 있었다.

처음으로 명신을 보는 영철이 마음에는 이상한 물결이 흔들리었다.

그것은 결코 영철이가 호색적인 때문만은 아니었다. 명랑하고 그 어딘가 사람을 끄는 듯한 촤밍이 영철이로 하여금 (참 아름다운 여자다) 하는 생각을 가지게 만든 것이다. 사실 그 용모와 체격이며 그 품격이 세련되어 있는 것은 마치 귀여운 보배를 닦아 놓은 것 같았다.

그러나 영철은 명신에 대한 타오르는 불길을 얼른 꺼버리기에 힘을 다했다. 그것은 첫째로 영철이의 굳게 먹은 마음 그 하나는 혜옥이가 죽은 뒤 여성이 그렇게도 무섭다는 것과 또 하나는 소희를 만난 뒤에 여성은 그렇게도 희생적인 일면이 있다는 것을 안 영철로서 사랑하는 소희가 있는 외에는 여성의 모든 존재를 무시한다는 것이었다.

첫째 그것은 믿을 수 없는 오늘날의 소희를 안타까이 따를 것이 없이 새로운 이성의 사랑을 구하자는 생각 때문이다.

"변변친 않어두....."

영철은 십 팔원을 주고 산 이태리제 백포도주 한 병과 오원오십전을 주고 산 양과자 한통을 책보에서 꺼내났다.

"아니 이건 왜 사 오셨어요?"

"일전 고치소(잘 먹음)하신 헨레이루(대신으로)....."

"천만에요, 제가 그날 두오 고라레루했는데요 뭐."

영철은 수일전 우연히 은좌에를 갔다 오던 길에 명신과 그의 동무라는 어떤 여성을 만나 점심을 먹었는데 그게 미안하다구 명신이가 차 한 잔을 오고루(한턱) 한 것을 슬쩍 꺼낸 것이다.

"그건 어떻든 너무 늦게 와서 미안합니다."

"천만에요 괜찮어요. 그런데 날이 퍽 추우신데 일루 들어오시죠....."

"괜찮습니다......"

"그럼 화로를."

하고 명신은 한편 모퉁이에 놓은 화롯불을 끌어다 영철이 앞으로 놓아 준다.

"괜찮어요 가죠 곧....."

"몸이나 녹이시구 가서야지..... 실례지만 이걸 한잔 드실까?"

명신은 아래 주인 방으로 내려가 유리잔 하나를 얻어 가지고 올라와서 영철이가 사온 포도주를 잔 가득 부어 준다. 한편으로 조그만 찬장에서 자기가 사다둔 과일이며 과자를 내어 놓으면서.....

"제가 사온 걸 제가 먹구 가면 되나요....."

"그러기 미안허다구 안 그랬어요. 사 오신 걸 잡수시라고 드려서."

"그렇게 생각하신다면 오히려 더 미안한데요, 전 두시구 아침저녁으로 한 잔씩 잡수십사구 그랬는데요."

"아무구 기왕 뜯었으니 한 잔만 드시죠....."

"네 먹겠어요....."

영철은 잔을 비우고 명신에게 한 잔을 따라 줬다.

"전 이따 먹죠....."

"그래두 드세요!"

"그럼 한 잔만 할까?"

명신은 빈 잔을 들어 똘똘똘 나오는 포도주를 잔이 거의 넘칠 때까지 정성스럽게 받아 가지고는 붉은 입술에 대고 한 모금씩 한 모금씩 들여마셨다. 그 잔이 빌 때 명신은 또 한 잔을 따르려고 했다.

"그만 두서요 전 알콜분이 좀 있어야지 그런 건 안 먹겠어요....."

"그럼 술을 사다 드리리까요?"

"온 천만에요 그건 그만두시구 전 이 과자나 먹겠어요."

하며 영철은 비스켓 하나를 집어 문다.

"왜 그러서요....."

"괜찮어요....."

"참말요?"

"참말이구 말구요....."

"그럼 어떡허나....."

명신은 조금 난처해하는 듯이 이맛살을 약간 찡그렸다 다시 펴면서

"그럼 화로 가까이나 오세요!"

하고 영철을 치어다본다.

"녜."

그들은 화로 하나를 새에 두고 마주 앉을 수가 있었다. 손과 손이 마주 얹힌 채 따스한 불을 쪼이고 있는 양은 마치 겨울밤 다정한 부부가 무한한 행복에 찬 희열 속에 무슨 재미나는 이야기나 하는 것을 표증한 것 같은 한폭 그림과도 같이 보이었다.

"손이 퍽 고우신데요....."

"아이 참 퍽은 놀리시네....."

"그야 남녀가 벌써 다르잖어요? 손뿐이겠어요 모든 체격 전부가 다 그렇죠."

"그러니깐 결국 서로 합쳐야 되는 모양이죠. 남자는 여자가 없으면

살 수 없구 여자는 남자가 없인 못살구요."

"여잔 남자가 없어두 살 것 같어요. 그렇지만 아마 남자는 여자가 없이는 못 살걸요... 호호."

"그건 어째서요 그 반대가 아닐까요?"

"남자란 잘 모르죠만 잔일을 모르거던요 옷이라든지 먹는 게라든지 거처하는 게라든지 그밖에 모두 곰상곰상 한 걸 모르니까 그걸 여성이 보충해 줘야 하거든요. 그러니깐 남자 혼자만 살면 살림두 아무것두 다 안 될게 아녀요? 그렇지만 여자는 그걸 다 할 수 있으니깐 혼자 살어두 괜찮죠 머....."

"꽤 주부적이십니다 그려. 밥을 지을 줄 아나요, 옷을 만들 줄 아나요, 살림이 무엔지 알드라구요, 참 명신씬 의외군요....."

"왜요 할 줄은 다 알죠 머..... 그렇지만 안허죠....."

"글세 요새 신여성은 참 큰일이야요. 일단 가정에 들어가면 가정부인 노릇을 해야겠는데 어디 그런 여성이 몇 개나 돼야죠. 제가 젠척하구 철없이 돈이나 쓰겠다죠,

말 일본 여성에게 비교하면 조선의 신여성은 아무것두 아녀요!"

"그럼 이선생은 신여성과 결혼하시잖었어요?"

"장차는 신여성과 결혼하긴 허겠죠만 좀 더 조선의 소위 신여성은 가정을 알고 사회를 알고 부부도를 알어야겠어요."

"왜 부부도를 모르는 여성이 있어요?"

"저 아는 친구의 아내는 겨우 여고 밖에 졸업하지 못했는데 이 여자가 참말 세상일을 모르드군요. 남편 친구가 와두 접대하나 못하면서 제

친구만 오면 뭣을 사온다 야단이죠. 그리군 남편의 수입이 한 오륙십원 되는데 최신 유행 옷을 해내라 모던 핸드백을 사내라 하꾸라이 화장품이 아니면 안 쓴대, 그리구 백금 반지를 하나는 다이야몬드 박은 것 하나는 진주 박은 것 두 개는 있어야 한 대, 흰 구두 노란 구두 검은 구두 비로드 구두를 사내라 축음기를 사내라 기누(비단) 양말 아니면 안 신는대, 또 이틀이 못가서 데파아드 밥을 먹여 달래 그래 이군이 그만 그 아내 때메 칼라 하나 사 매지 못해 때가 쪼르르 흐르게 하구 다니는 건 참말 안됐어요."

"참 그런 여성이 많어요. 배운 것은 생각잖구 그런 허풍선이 생활만 하려는 여자가 많은 건 사실야요. 그렇지만 이것두 과도기의 한 현상이 죠!"

"그야 다소 생활여유가 있으면 문화 정도에 따라 그러는 게 당연하지만 수입두 없는 남편을 그렇게 졸라가지구 자기 몸만 사치하는걸 보니깐 그만 미운 생각이 나요! 부부 일신이거든 나가 일하는 남편은 땟국이 흘러도 본체만체 하구 자기만 화려하게 꾸미구 다니려니깐 그게 안된 거란 말이죠!"

"그건 그래요....."

"그렇지만 명신씬 그렇잖으실께야!"

"아이 천만에요."

"그러나 명신씨야 왜 그런 각박한 생활을 하시는데루 결혼을 허시나!"

"그야 운명인 걸, 어떻게 할 수가 있나요!"

"만일 그런 곳으로 가시게 되면 제가 못 가시도록 하겠어요."

영철은 아지 못하는 사이에 자기의 돈 있는 걸 자랑했다.

"이선생은 부자시니깐 그럼 제가 가난한 살림을 할 때 좀 도와 주시겠지요. 호호호."

명신의 말에는 약간 아이로니가 섞여 있었다.

"천만에요. 돈이 뭐 있나요. 그저 먹을 게나 있죠."

"잡수실 것 있다는 게 돈이 있다는 게죠 머 그런데 졸업허시군 곧 조선으루 가세요?"

"아뇨. 한 이삼년 더 있으면서 변호사 시험이나 쳐볼까 하는데요!"

"네....."

"명신씬요?"

"저요! 저두 한 삼년 더 있겠어요. 이태리 선생이 삼년간만 더 연구해 보라니까요. 오페라 방면을 더 공부해 보려는데 퍽 어려울 것같어요!"

"악단의 여왕이 되셔요?"

"아이 천만의 말씀을 다 하서요. 그저 되나 안 되나 배운 길이니 좀 더 착실히 공부해 보자는 것뿐이죠 머! 그럼 봄에 조선 안나가서요?"

"그만둘까 하는데요! 어머님 혼자 계시니깐 한번 가 봐야긴 하겠는데 좀 속히 시험을 통과 하자면 여기 꽉 들어백여야 하겠어요."

"어머님 혼자 밖에 안계서요?"

"네 혼자 밖에 안계서요. 그리구 누이 동생 하나가 있을 뿐이죠. 걘 지금 이화전문 문과에 있구요!"

"그럼 아직두 결혼을 하시잖었어요?"

명신은 갑자기 얼굴이 발개졌다.

"그럼요....."

"벌써 갔을겐데 어려서부터 집을 떠나기 때메 아직도 배철러지요 왜 믿어지지 않습니까?"

소희가 S읍으로 전임한지 두달이 되도록 영철의 편지는 끝끝내 오지 않고 말았다.

(전임한다는 편지두 받았을게구 전임 됐다는 편지두 받으셨을텐데)

소희는 안타까운 가슴으로 하루 이틀 영철의 회답을 기다리었으나, 웬 일인지 기다리지 않는 친구의 편지 혹은 광고 같은 건 매일 와두 그 긴한 영철의 소식은 그 거룩한 직책을 갖고 있는 우편 배달부도 전해 주지 않았다.

(혹시 무슨 일이 있나봐?)

이런 생각에서 왜 소식이 없느냐? 무슨일이 있느냐? 하고 몇 장의 편지를 거듭거듭 보내고 안타까이 기다려도 보았건만 영철이게선 끝끝내 아무 소식도 오지 않았다.

(그러면 내가 일루 전임돼온 걸 불쾌하게 생각하시나?)

이렇게도 생각해 보고

(그렇다면 사직을 허구 집에가 있으라든지 그렇지 않으면 동경으루 오란 말씀이라두 있을 겐데 그럼 혹시 준걸이와 같이 이곳으로 왔다니 깐 그걸 오해허시구 편지두 안허시나? 그렇지만 준걸이를 내가 뭐 상대나 한다구? 각 허실라구, 만일 그렇게 생각하신다면 영철씨가 나를 즘생만두 못한 여자루 아는게 아냐! 그리구 자기 자신두 아무런 가치없는 사람으루 아는 게 아냐! 그럴린 없어, 그러면 왜 편지가 없을까?

그렇게두 나를 못 잊어 하시던 영철씨가 왜 아무런 편지를 하지 않으신담, 무슨 일에 노하셨나? 노하실 일은 없지만 노하셨드래두 어떻게 정면으루 꾸짖을 수도 있는 처지어든 그럼 웬 일일까?)

가지가지 생각에 잠 못들며 혹은 영철이가 보내준 지난날의 편지도 꺼내보고 혹은 그가 약혼 예물로 준 반지며 시계며 모두 다 꺼내 보았건만 그것들이 지금의 영철이 소식을 전해 주진 못했다. 그리고 지금에 불타는 소희의 안타까움도 시원히 식혀 주지를 못했다.

그러나 영철이도 소희에게 여러 장의 편지를 낸 것이 사실이고 소희도 영철이에게 여러 장 편지를 보낸 게 사실이건만 그들의 손에 한 장의 편지조차 들어가지 못하게 된 이면에는 그들이 모르는 비밀이 숨어 있었다. 그것은 희준이란 남의 행복을 깨치기 좋아하는 악마주의자의 작희가 움직인 것이다.

희준은 준걸에게서 영숙을 빼앗았다. 그리고는 제이차로 소희와 영철의 행복된 사이를 어떡허든지 깨쳐버리려는 생각에 불타올랐다. 첫째 소희의 어여쁨이 미웠고 둘째 영철의 학식과 재산이 미웠다. 이리하여 그는 S우편소원이 자기 중학 동창인 것을 이용해 가지고 그들에게 오고가는 편지는 모조리 압수해 버리게 하였다. 그리고는 일방 소희와 준걸이 새에 있지도 않은 허무한 사실을 만들어 가지고 영철에게 밀서를 보냈던 것이다. 이렇게 된 줄을 영철이도 소희도 알 리가 없었다.

영철은 결국 그 때문에 소희게 대한 사랑은 단념하게 되고 소희도 영철을 의심하게까지 되었다. 그러나 거기까지의 연극이라면 다시 영철과 소희는 다시 그 오해를 풀 기회도 있었으련만 영철은 결국 소희게 대한 반감에서 전 명신에게로 급히 서둘러 가지고 그해 삼월 십구일 경성 공회당에서 결혼식을 거행해 버리고 말았다. 그러나 소희는 그날까지 그것을 아지도 못하였다. 알 리가 없다.

三

결혼식이 끝나는 대로 영철과 명신은 동경으로 다시 들어갔다. 영철은 변호사 시험 준비를 목적하고 명신이는 성악을 더 연구하려는 불타는 희망을 가슴 가득히 싣고, 이리하여 밀월의 안타까운 단꿈 속에 그들이 다시 동경으로 들어갔을 때는 봄도 익어가는 삼월 그믐 햇볕이 고양이의 털과도 같이 보드러운 바람을 싣고 잠든 나무와 풀잎을 고요히 흔들어 깨워 신생하는 봄의 서곡은 희망 많은 젊은이와도 같이 싹트고 있었다.

그러나 소희는 영철이가 그리된 줄은 알 길이 전혀 없었다. 다만 소식 없는 영철에게 대한 초조한 마음으로 석 달 동안을 지내다가 학기말이 되자 사표를 내고 황망히 동경으로 향해 떠나버리고 말았다. 그러나 소희는 우선 경성에 있는 그의 누이동생 영숙이나 만나 이런 이야기나 하고 떠나갈 생각으로 경성역에서 도중하차를 하였다.

전보를 쳐 두었더니 영숙은 역까지 나와 반가이 맞아 주었다.

"이거 웬 일야?"

영숙이의 명랑한 웃음은 여전하였다. 그러나 그의 얼굴빛은 이상한 구름장이 약간 낀 듯 애련한 기분이었다.

영숙은 소희의 조그마한 배스키트를 받아들며 택시 하나를 불렀다.

"그런데 갑자기 웬 일야?"

차안에 들어앉으며 소희를 바라볼 때 얌전스러운 티로

"동경 가는 길야!"

하고 소희는 힘없이 말을 했다.

"동경은 왜 급작시리!"

"어찌된 일인지 내가 S읍으루 전임된다는 편지를 영철..

무 소식두 없거든, 혹시 노하셨나 하고 그 사정을 간곡히 써서 십여차나 편지를 드렸는데 그래두 아무런 소식이 없거든, 그래 어찌된 일인지 안타까운 날을 석 달 동안이나 지내다가 학기도 끝났기에 동경으로 들어가서 이야기나 들어볼까 하구 떠났어!"

"그래? 그런데 오빠는 네가 S읍으로 간 뒤는 갔다는 소식두 또 오빠가 오륙차 편지를 했었는데 그래두 회답이 없다면서 여자라는게 마음이 변하기 쉽다구 널 여간 원망하지 않든데?"

"뭐야 그게 참말이야?"

"그럼 사실이지!"

"건 어떻게 알어?"

"오빠가 나오셨었는데 뭐!"

"언제?"

"이삼일 전에 동경으로 다시 들어갔어! 그런데 소희 넌 모르나?"

"뭘?"

"글쎄 오빠 조선 나왔든 일을 몰라?"

"몰라 시골구석에 있는데 뭘 알어!"

"참말?"

"참말이야. 그런데 무슨 일이 생겼어?"

영숙은 아무 말도 하지 않았으나 자기 오빠와 소희사이는 벌써 천리 만리를 격해진 걸 생각하고는 가슴이 뭉클하였다. 누구의 잘못인지는 모르나 이제는 돌이킬 수 없는 두 사이임을 생각하는 영숙의 가슴은 너무도 쓰리고 아팠다.

"그럼 학교는 그만 뒀어?"

영숙은 묻는 말은 대답잖고 화제를 돌렸다.

"그만 두구 왔어! 아주 사표를 냈대두. 그런데 오빠가 왜 조선을 나왔었어?"

소희의 얼굴에는 의운이 어리었다. 눈에는 불안에 타는 안개가 흐르고 있었다.

"거 큰일인데 큰일이 났는데....."

"글쎄 왜 그래 무슨 일이 있어?"

"아 아니!"

차마 자기 오빠가 다른 여자와 결혼했다는 말은 할 수가 없었다. 말할 수 없는 말을 해야 할 괴로움, 그러나 지금 그것을 말할 수도 없는 안타까움, 그 명랑하고 쾌활한 영숙이 조차도 말문이 막히었다.

"글쎄 어떻게 나오셨드랬어? 응?"

소희는 더한층 의심스러운 듯이 영숙이 얼굴을 똑똑히 바라본다.

그러는 동안 어느덧 자동차는 종로까지 오게 되었다.

"여기서 내려 주서요!"

영숙은 배스키트를 들고 소희와 나란히 차에서 내리었다. 관철동 어느 깨끗한 여관방에 자리를 잡고 나서

"소희야!"

하고 영숙은 은근히 불렀다.

"..............."

소희는 대답 대신에 그 둥그런 눈을 깜박이면서 영숙을 바라본다.

"소희야! 참말 오빠께 편지는 했니? 그리구 준걸씨와는 아무런 일두 없나?"

"뭐? 준걸이? 그까짓 사내가 뭐기 그럼? 영철씬 내가 그이와 무슨 일이 있나허구 오해를 하셨나?"

"그럼 편지두 오잖구 또 준걸이와 같이 전임이 되어가구, 그런데다가 누구 편진지 너허구 준걸시허구 막 좋아헌다는 말을 쓴걸 받었다나? 그러니깐 오빠는 퍽 노하셨나봐!"

"그래서 오빠는 그걸 참으로 믿는다든?"

"그럼 그래서 분해서 그리다가 어떤 다른 여자를 사괴였다나?"

"그런데 조선은 왜 나오셨어? 그 여자 때문에 나오셨드랬나?"

"그 여자 때문에두 나오셨구 오빠 때문에두 나오셨구 그렇지 머....."

영숙의 말 속에는 또 한 가지 말이 있었다.

"그럼 두 사람이 같이 나오셨댔나?"

"..............."

대답은 않고 머리만 끄덕이는 영숙에게 소희는 매서운 눈초리로 계속하여

"그럼 그이와 좋아허시나?"

하고 긴장된 얼굴빛을 지었다.

"글쎄!"

이렇게는 말했지만 영숙의 가슴은 괴로웠다.

"똑똑히 말을 좀 해줘 응!"

"..............."

"똑똑히 말을 해줘 응?"

"..............."

"글쎄 어떻게 됐어, 영숙아 말을 좀 해줘? 응?"

소희의 눈에는 눈물이 핑그르르 돌았다.

"말할게 놀래잖겠니?"

영숙의 말소리는 약간 떨리었다.

"응! 무슨 일이든 놀래지 않을테야 어서 이야길 좀 해줘?"

"저어 오빠가 네 이야길 퍽 하시겠지?"

맘이 변해진지를 모르겠다구?

"뭐 내가 맘이 변했다구?"

"글쎄 편지를 일체 허잖으니깐 그리잖을께야? 오빠두 너와 처음으로 진정한 사랑을 했었다면서 그건 아까워 죽겠다겠지!"

"그런데 어떻게 됐어? 참말 난 편지를 열장이나 넘어 했는데."

"오빠는 그걸 못 받았대, 그런대 몇 번이나 나보구 네 이야길 허면서

예복을 입겠지, 예복을 입으면서두 또 소희가 얌전한 여성이지만 지독한 여성이라구, 한편 놓기 아까운 보배를 잃은 듯이 자꾸자꾸 되풀일 하겠지?"

"예복은 왜?"

소희는 아직도 영숙이의 말귀를 못 알아들은 듯 하였다. 그 소리를 듣자 영숙은 가슴이 덜컥 내려 앉는 것 같았다.

"예복을 입군 뭘 했기에?"

".............."

"말을 좀 해 응?"

"오빠가 그렇게 네 이야길 하면서 식장으루 들어갔어."

"식장? 결혼 식장으루?"

는 네 생각을 허는지 눈을 떴다 감었다 하면서 긴 한숨을 쉬이겠지.....
그러구는 뭣을 잊으려는 듯이 머리를 쩔레쩔레 흔들겠지? 참말 네 마음이 변찮었니? 편지두 했구 준걸이와 상관두 없니?"

"참말이야, 내가 왜 네게 거짓말을 하니? 편지를 열장을 넘어 했을게다. 그리구 준걸씨와는 아무런 일두 없어. 있으면 왜 동경을 갈려구 여기까지 왔겠니?

소희의 눈에서는 눈물이 흘렀다.

울고 울고 또 울어 그 밤이 샐 때까지 소희의 뜨거운 눈물이 그치지 않았다.

영숙이조차 기숙사로 가버린 쓸쓸한 방에 외로이 꼬부린 몸을 찬 자리에 굽히고 있는 소희 마음은 아프고 괴로웠다.

(어찌된 일일까? 그이두 나를 그렇게 사랑하면서 다른 여성과 결혼을 했을 땐 나를 퍽도 원망했겠지? 그러면 어떻게 돼서 내가 보낸 편지두 그이가 받질 못하구 그이가 보낸 편지를 나두 못받았을까? 누구의 장란으로 그렇게 됐을까? 어쩌면 십여 장 보낸 편지를 한 장두 못 받았담? 준걸이와 영숙이 새를 빼았었다구 자랑하던 희준이 장난일까? 그러나 희준이가 어떻게 할길이 있었을라구? 더구나 S읍으루 온 뒤에 한 편지가 안 들어갔는데..... 그럼 어쩐 일일까?)

　아무리 생각하여도 편지가 중간에 없어진 내용은 알길이 없었다. 인전 그까짓 것보다도 멀리 간 영철이가 안타까이도 그립고 원망스러웠다. 원망하는 나머지 욕도 해 보았다. 그러나 그 가슴은 여전히 답답하였다.

　(만일 그렇게 속히 다른 여자와 결혼까지 할 반감이 생겼다면 나를 왜 찾아 올 수는 없었을까? 가을에두 병이 나섰다구 돌아 오셨거든 왜 그런 오해를 가지시구 나를 만나러 와 주지는 못했담? 그건 구실일거야 뭐 정조를 유린했으니깐 나를 버린게지, 사내들이란 그것만 빼앗으면 그뿐이라는데 그렇지만 이 뱃속에 꼼틀그리는 애는 어찌하누? 이애를 낳아가지구는 어떻게 해야 허나? 애비 없는 자식을 낳아가지군 더구나 경제적으루 자립할 수 없는 내가 어떻게 이애를 키워 가누? 그리구 결혼두 허잖구 애비두 없는 애를 낳아가지구 세상에 무슨 면목으루 살어간담?)

　생각하니 괴로운 세상, 가는 길이 끝없이 험할 것 같았다. 한때는 행복된 순간을 어쩔 줄 모른 기쁨 속에 방그레 자기 혼자도 웃어본 소희연만 여성으로서 처녀로서 애를 배만 놓고 달아난 남편을 생각하는 이 순간에 있어서의 괴로움은 끝없는 절망이 미친 물결이 되어 자기 몸을 이리 밀고 저리 미는 것같이 어지럽고 안타까왔다. 전차소리가 끊어지고 딱딱이 치는 소리조차 끊어진 새벽날 아직도 이른 봄 찬 바람이 창을 두들길 때 외로운 등불 아래 전전하는 소희의 마음은 천인절벽의 외로운 소나무같이 생각이 되었다.

봄이 와도 꽃을 볼수가 없고, 여름이 와도 향기어린 녹음의 자취를 찾을 길 없는 그런 외로운 절벽의 소나무, 가을바람이 건 듯 불어도 단풍든 풀과 나무의 그림자를 거센 눈보라에 외로이 떨고 있는 그 소나무와도 같이 생각되었다.

(그만 떼버릴까?)

이런 생각도 했다가는

(어떻게 그 생명을 낳기도 전에 없애버린담)

하고 자비로운 어머니의 마음도 가져보았다. 그러나 생각하면 생각할수록 뱃속에서 꼼틀거리는 그 어린 생명이 소희 가슴에 가지가지로 괴로움의 싹을 돋워만 주었다.

(이 부끄러운 일을 허구 세상을 어떻게 다니누? 영철씰 한번 만나 담판을 해야겠는데! 그럼, 내일 떠날까?

할 일이다.)

이렇게 생각을 굳게 먹은 소희는 새벽이 돼서야 겨우 어렴풋이 잠이 들었다.

아침 멀리 들리는 교회당 종소리에 눈을 뜬 소희는 일어나는 길로 하느님께 거의 습관적인 기도를 드리고 낯을 씻고는 갖다 주는 밥상을 받았다. 입맛 없는 밥을 그대로 내보낼 수 없이 몇 술을 뜨고 상을 물리었을 때 영숙이가 찾아왔다.

그들은 잠깐 방안에 들어앉았다가 다시 거리로 나왔다. 일요일 날이라 그들은 예배당에 가는 길이었다. 소희는 그날 아침차로 떠나려 했지만 이십년이나 종교계에서 자라온 소희로는 도저히 일요일에 길 떠날 수는 없었다. 더구나 영숙이가 하루만 쉬고 이야기나 하고서 가도 가라는 말에 소희 자신도 옛날 학생 시대를 추억도 할겸 예배당에를 갔다. 그러나 마음은 가라앉지 않아 예배가 끝나는 대로 그들은 다시 봄기운을 찾아 창경원으로 오게 되었다.

아직도 일러 벚꽃은 겨우 눈이 트고 삭 돋는 나무와 풀향기는 새봄을 노래하고 있어 우울한 소희의 마음에 더한층 요란한 물결을 지워 주었다.

소희는 영숙과 나란히 식물원 온실 앞 못 가로 발길을 ..고 있었다.

"소희야!"

"응?"

"어쩌문 좋으냐 글쎄! 이제 네가 동경을 가서 만일 우리 오빠를 만나면 뭘하니? 나두 모르는 그리구 나두 이해할 수 없는 그 편지 사연을 아무리 말한대두 오빠가 이해할 수 없을 게구 더구나 지금 새로운 가정에 네가 가면 큰 풍파가 날게 아니냐? 그러니 어떻게 조처할 도린 없을까?"

"⋯⋯⋯⋯"

소희는 아무 대답도 없이 못 가에 떠도는 물매미만 바라 보고 있다.

"글쎄 그렇지 않어? 아무래두 그리 된 걸 이제 어떻게 돌이킬 순 없을 게 아냐? 그러니깐 아예 단념허구 어떻게 살아갈 도리를 하는 게 좋을 게 아냐?"

"그렇지만 어찌된 사정인지나 알어야 하잖겠어? 첫째 어째서 영철씨가 제게 했다는 편지를 내가 받지 못했구 또 내가 한 편지를 영철씨가 받지 못했다는걸 알구, 무슨 오해가 있으면 풀기나 허구 그만 둬두 둬야지 어디 수가 있어? 그 뿐인가? 너의 오빠가 참말루 나를 오해 하시구 그 반동으로 속히 결혼하신 게 사실이라면 그 오해두 풀도록 해야 허잖어? 그러니깐 동경을 가야겠어!"

"그건 그렇지만 간댔자 무슨 증거가 있어야 오해두 풀게 안야, 그러니깐 그 오해를 푸는데는 동경 가는 것보다두 여기 있으면서 조사를 허는게 더 빠를거야. 그러니 소희야 그러지 말구 여기 얼마를 있는 동안 내 어떡허든지 조사해 줄게 좀 있어 봐 응?"

영숙의 마음엔 첫째 자기 자신도 그것이 알고 싶은 것, 더구나 자기 오빠가 관련한 것이니 만큼 어떡허든지 알아보아 비록 다시 그들이 합쳐지지는 못할 처지라 하더라두 그 오해나마 풀어 주겠다는 생각, 그리고 또 한 가지는 이제 극도로 흥분한 소희가 가정을 갖고 사는 자기 오빠를 볼작시면 그 집에 가정 풍파가 일어날 것은 물론이고 또 그보다도 그 얌전한 반면 독한 소희의 성격으로 죽어버리든지 하면 큰일이라고 생각한 나머지 어떡허든지 소희를 붙잡을 생각이었다.

"어떻든 여기서 며칠만 있어봐요. 그러면 내 잘 조사해 줄게. 그러구 그걸 잘 알어가지구 오빤한데 내가 편지를 허면 그 오해가 풀어질게 아냐. 그리구서 또 어떡허든지 문제를 해결해 가야지 이제 다짜 고짜루 동경을 가면 싸움만 벌어지구 큰일이 아니냐!"

영숙의 말에는 두편을 다 아끼는 진정이 있어 보였다. 자기희생적 정신이 남보다 유난히 깊은 소희에게 그 말은 찔리는 듯 가슴이 아팠다.

며칠을 두고 동경을 간대야 별로 신통할게 없다는 영숙이 말에도 감동이 되고 또 소희 자신으로서도 생각하는 바가 있어 당분간 동경 갈 것을 보류하기로 작정을 한 소희는 평동(平洞) 그 어느 내외만 사는 집에 영숙이 소개로 기숙을 하고 있게 되었다.

낮에도 아무 하는 일이 없이 우드커니 앉아만 있고, 밤이 돼도 별로 찾아오는 사람 없이 지내는 고독한 소희의 마음은 날이 갈수록 더욱 아프고 괴로웠다.

첫째 영철이 생각을 하면 자기란 존재는 벌써 잊어버린지 오래고, 그 어떤 여성인지는 몰라도 그 새로운 아내와 물샐틈 없는 행복스러운 생활을 하고 있을 것을 눈앞에 그려보면 그만 미칠 것같이 마음이 어지러웠다.

(아무리 내 편지를 못받아 봤기로니 그렇게 평생을 약속한 나를 두고 몇 달이 못돼서 결혼까지 한담?)

어지러운 마음속에 이렇게 다시 그는 원망도 해보고 또

(대체 그 어떤 사람이 남의 행복을 깨치느라고 오고 가는 편지를 단 한 장도 빼지않고 버렸담)

하고 우편배달부도 의심해 보았다. 그리고는 또 자기 자신에 대한

생각으로 돌아와 가지고

(그럼 이 밴 애는 어떡헌담? 만일에 이애를 낳으면 누가 키우누? 또 애를 밴 몸으로 어떻게 직업인들...

이런 생각으로 애련한 봄밤을 새워가며 울어도 보았다.

(아무리 고쳐 생각을 해봐두 결국은 내가 정조를 빼앗긴 때문야! 만일에 내가 순결한 처녀로 있었다면 그이가 나를 찾아 불원천리 왔을 거야!)

하고 그 눈 오던 밤 영철이 방에서 처음으로 깨치던 자기 몸을 생각도 해 보았다.

(어쩌문 어쩌문!)

소희는 자기도 모르게 소리를 치고 진저리가 난다는 듯이 머리를 도리도리 흔들었다. 마음은 어지럽고 끝내 안정은 오지 않았다.

남의 행복을 저주하는 것은 아니언만 주인집 젊은 내외가 다정하게 지내는 양 더구나 아내가 몸이 약해서 감기라도 걸리면 의사를 불러온다 약시중을 한다 자기 손수 남편이 들락날락하며 정성되게 간호하는 것을 보면 그만 소희는 무딘 칼로 가슴의 갈피갈피를 찢는 듯이 아프고 괴로왔다. 눈물이 흐르고 앞이 캄캄하였다.

(나두 한때는 영철씨게 저런 호사를 받았건만!)

온정리 호텔의 첫 가을 연애에 불타던 시절을 회상해 보며 하염없는 긴 탄식도 하였다.

(그러나 지금은 그것이 지나간 꿈이 아니냐? 이같이 심신이 고달플 때 머리 하나 짚어 주는 사람없는 이 외로 한 사람이 아니냐? 천애의

고아! 과연 나는 의지할 곳 없는 몸이다)

소희는 이렇게 부르짖고 불끈 방안을 휘둘러보았다. 안타까운 하현 달이 서편창에 처마 끝 음영을 지우며 은은히 엿보고 있다. 봄밤의 애련한 정조가 고요히 차고 매운 애수로 되어 소희의 전신을 싸고돌아 끝없는 정적 속에 소리 없는 눈물을 자아내게 한다. 흐르는 눈물이 양볼을 흘러내려 베개 위를 적신다.

아직도 이른 봄바람이 싸늘하게 창틈으로 스며든다. 고양이 소리가 몹시 애달프다.

(꼬끼요!)

닭 우는 소리도 이 밤엔 더욱 소희의 가슴을 병들게 한다.

시냇물 소리나 들린다면 깊은 산속 외로운 승방에 누워있는 것이나 다름없는 정적과 고독한 공기가 흐르는 기분이다.

무의식적으로 손을 배에 얹어보았다. 처녀 때보다는 훨씬 부풀었다.

(이게 내 운명을 좌우할건가?)

소희 마음은 끝없이 괴로웠다.

희망

—

소희가 S읍을 떠난 뒤 준걸의 마음은 끝없이 외로왔다. 정 거장까지 전송을 하며 어딘가 적막한 고독의 빛이 흐르는 소희를 붙들고 잊을 수 없는 하소를 눈물겨웁게 하였건만 끝끝내 소희는 듣지 않고 떠나버리고 말았다.

(피가 찬 동물! 그것은 지상에 있는 동물로는 파충류(爬蟲 類)가 아니냐? 제일 알기 쉬운 것으로 예를 들자면 뱀, 소희 는 뱀같이 차고 독한 여성이다!)

준걸은 이렇게 생각도 해보았다. 그러나 소희의 가슴속엔 영철에게 대한 뜨거운 피가 흐르고 있는 것을 준걸은 이해 하지 못하였다. 정이 한곳에 있을진댄 다른 곳에는 찬 물결 밖에 있을 게 없다는 신조(信條), 한류(寒流)와 난류(暖流)가 한데로 합칠 수 없다는 신념을 가진 소희는 준걸에게 대한 태도가 냉정할 것도 없는 것이다.

(그이조차 가버리었구나!)

안타까운 비련(悲戀)의 쓰린 상처를 안고 그는 방학동 안 밖에도 나가지 않고 문을 첩첩히 닫은 채 집안에 들어 앉아 만 있었다.

그러나 그 봄이 가고 여름이 또 가고 가을이 왔을 때 실연 의 쓰리고 아픈 상처를 안은 준걸에게 새 희망의 기쁜 소식 이 왔다. 그것은 독일에 서 발행되는 과학 잡지에 '조선 곤충 의 특질(朝鮮昆蟲의 特質'이란 자기의 논물이 실린 것이다.

그뿐 아니라 그 논문은 세계 학계에 커다란 파동을 주어 만 국 곤충 전람회에 조선 곤충 표본을 출품해 달라는 의뢰장 (依賴狀)까지 왔다. 물론 독일어를 알파벳이나 아는 그는 일본말로 써가지고 그것을 번역 을 전문하는 어떤 독일인에게 의뢰해서 작성한 논문이지만 어떻든 그것이 세계 학계에 큰 쎈세이션이 일어났다는 것은 준걸 자신으로도 기쁜 일이 아 닐 수 없었다. 더구나 자기의 채집한 곤충을 다음해 시월에 독일서 개최되는 세계 곤충전람회에 출품까지 하게 된다는 것을 생각 할 때 십여년 동안 닦아온 자기의 공적에 자기 스스로 기쁨의 물결이 가슴 가득히 흔들리지 않을 수 없다.

몇날이 가지 않아서 발행되는 각신문에서도 지국을 통하여 그것을 조사해 가더니 그 다음날 석간에 사단 기사로 '조선 과학의 세계적 승리'라느니 '각고근면 십여성상 고준걸씨의 경이연구'라느니 '만국 곤 충전람회에 조선곤충이 진출'이니 각기 특색있는 제목으로 준걸의 공 적을 칭송하여 주었다.

그런데 그 기사가 난지 이틀인가 지나서 준걸에겐 또다시 기쁜 소식이 왔다. 그것은 수월전에 치른 문검(文檢)에 파스 가 됐다는 것이다.

준걸의 기쁨은 끝이 없었다. 희열 흥분에서 오는 가슴의 고동! 준걸은 독일 잡지와 그 의뢰장이며 조선 신문에 게재 된 기사며 문검 파스 통지서며 번갈아 쥐어 보면서 혼자 희 열에 넘치는 웃음 속에 파묻혀 있었다.

거듭거듭 닥쳐오는 행복의 금풍(金風)은 성숙(成熟) 열매를 준걸의 온몸 가지가지에 열어 주었다. (이것이 내 일생의 행 복이 아니냐 내 일생의 사업이 아니냐!) 준걸은 외쳤다. 그러나 그 외침 속에는 고적과 애수의 안 개가 어려 있었다. 그것은 차고 쓰린 실연의 상처다.

(소희가 있었더면 만일 소희가 나를 사랑했더면 얼마나 좋 아할까?)

공상의 실마리가 기쁨의 물결을 헤치고 사르르 준걸의 가 슴에 스며 들 때 준걸은 끝없이 울고 싶었다.

"준걸군 준걸군!"

"거 누군가?

밖에서 부르르 소리가 요란하다.

"거 누군가?"

"낼세!"

"나라니? 누구야!"

"나야!"

"들어오게!"

준걸은 반갑잖게 인사를 하였다.

들어오는 것은 변함없는 희준이었다.

"참 반갑네! 신문을 보니 매우 영광스럽네!"

한편 비웃는 듯한 소리였다. 그러나 준걸은

"감사하네! 모두 여러 친구의 덕일세."

하고 감격된 듯이 굳은 악수를 하였다. 희준이도 그해 사 월 이곳으로 전임이 되어 왔다.

"그런데 준걸군!"

"응?"

"소희 소식 들었나?"

"모르는걸!"

준걸의 가슴은 뭉클하였다. 혹시 이곳으로 오지 않았나 하 는 실낱같은 희망의 줄이 번뜩인 때문이다.

"그런데 소식은 알고 싶지?"

"……………"

"준걸군 참 갸륵한 소식이 들려! 소희가 어린애를 낳았다는 군!"

"참말이야 어린애를 낳았대."

"어디서?"

"서울서!"

"동경은 안가구?"

"글쎄 그게 기막히거든, 그 애는 영철이 앤데 영철은 다른 여자와 결혼을 해가지구 동경으로 갔더거든!"

"그게 웬 일일까?"

"글쎄 소희가 여기서 떠나가기 전에 벌써 영철이 애를 뱄 다거든,

그런데 동경으로 가던 길에 서울에 잠깐 내렸다나, 영철의 누이가 있잖어? 그랬는데 아마 못가게 붙든 모양이 지, 자기 오빠가 딴 여자와 결혼을 했으니 가게 할게야! 그 래가지구 서울서 지내게 한 모양이지, 그런데 옥동자 사생 아를 낳었는데. 글쎄 그렇게 얌전하다구 자네가 반해서 죽을 등 살등 하던 소희가 사생아를 낳었대. 사생아를! 참말 영철이두 나쁜 놈 소희도 겉으른 얌전한 체하구두 좋지 못한 년 이야!"

"그게 참말인가?"

"참말이지 요즘 세상이 어떻다구 거짓말을 헌단 말인가, 글 쎄 고 잘났다고 막 버티던 소희가 애비두 없는 사생아를 낳 었대. 학교에 다닐 때 조행에 갑만 맞구 학교에 선생노릇 할 때두 모두 얌전하다구 떠들던 그 잘난 소희가 사생아를 낳었다니 참말 세상일은 모를 일이거든?"

"그럴 리가 있나? 희준군 그건 자네가 잘못 들은겔세."

준걸은 그걸 믿지 않는 듯이 부인하려고 하자

"이걸 보게 거짓 말인가?"

하고 영숙이 편지를 꺼내 놓는다. 그 편지에는 그런 사연 이 적히어 있다. 자기 오빠가 소희게 편지를 보낸것두 소희 가 받아보지 못하구 소희가 한 편지두 영철이가 받아보질 못해서 오빠는 그걸 오해하구 소희게 버림 당한줄 알구서 그 반동으로 다른 여자와 결혼했다는 이야기며 소희가 서울 머물러 있게 된 일, 그리고 어린애를 낳았다는 일, 또 끝으 로 그 중간에 누가 어떻게 했길래 그런 오해가 생겼는지 그 걸 알아야 어린애 문제도 해결되겠으니 좀 자세 알아 줄 수 없느냐는 것이었다. 준걸은 그걸 보자 가슴에 이상한 동요 를 일으키었다. 한참 동안이나 아무 말도 하지 않고 눈을 감고 무엇을 생각하는 듯 하였다.

"준걸군! 이게 다 내 묘안이 거든, 자네가 애당초 날보구 소희를 자네손에 넣도록 해달랬으면 그거야 벌서 자네 아내 가 됐지. 왜 자넨 나를 도무지 사람 같잖게 여기나? 이런걸 좀 보게 어떤가? 기실 난 자네를 버리구 대학생이래서 또 돈이 많다해서 영철에게루 가는 소희 가 미워서 모조리 그들 의 오고가는 편지를 이곳 우편소원을 시켜 압수하도록 했거 든. 그랬더니 그 효과로 영철이는 딴 여자를 하나 얻어살게 되구, 소희는 애비없는 어린애를 낳게 됐어!"

희준은 자랑삼아 말을 한다.

"엑기 이 사람아, 글쎄 남의 행복을 그렇게두 깨쳐주고 만 담?"

준걸의 말소리엔 노기가 있었다.

"자네를 위해서 한 일인데 되려 나를 욕하나?"

"누가 그렇게 해달라든가? 아무리 악한 사람이 기로니 남 의 약혼한 여성을 그렇게두 망쳐 준담. 난 자네와 말두 하 기 싫으이."

준걸은 책상 머리로 돌아앉고 만다.

"참 별사람 다 보겠네. 공연스레 흥분하는군 그래."

희준은 멋적은 듯이 혼잣말로 중얼거리면서

"그럼 난 가네."

하고 일어선다. 준걸은 가든 마든 아무런 상관이 없다는 듯이 책상에 엎드린채 본체도 않고 있다가 문닫는 소리가 난 뒤에야 다시 몸을 일으켰다.

(가엾은 소희는 끝내 불행하게 되었구나! 글쎄 그 영철이가 믿음직한 사내가 못 되거든, 그리 안절부절 따르더니 기어 코 제몸만 망치고 말았군 그래! 외론 사람이 수양이 부족하 면 그런 법이야!)

준걸은 소희가 몹시도 가엾이 생각되었다. 한편 생각하면 자기 품에서 떠나간 소희가 행복스럽다는 것보다도 웬셈인 지 준걸의 가슴속엔 소희의 불행이 몹시도 아프게 찔리었 다.

(어린애를 낳았다니 어떻게 지내누? 그리구 지금 오해를 사구 있으니 그 누명대메 얼마나 고통을 당하구 있누?)

문득 준걸은 소희가 영철에게 오해를 받아 결혼도 못하고 낳은 어린 애조차 영철이 것이 아니라고 따는 모양을 생각하 고 소희의 그 애타는 지금의 경우를 속히 벗겨주고 싶은 충 동이 가슴 속에 용솟음 쳤다.

(속히 소희게 알려 주자! 그리구 그애를 영철에게 주도록 하고서 소희는 무에든 딴 직업을 구해서 자립시킬 도리를 강구해 보자!)

이렇게 생각을 한 준걸은 영숙에게 곧장 편지를 썼다. 그 것은 아까 희준에게서 들은 그대로를 자세히 쓴 것이었다.

며칠이 지난 뒤에 영숙이게서 회답이 왔다. 낯 익은 글씨 가 퍽 반갑게 생각되었다. 더구나 그 편지엔 그런 사실을 알려 주셔서 감사하다는 이야기 외에 지나간 날 모든 잘못 을 용서해 달라는 말까지 써 있었다.

고독한 물결이 가슴 가득히 밀리고 있는 준걸에게 그것은 퍽 반가운 글발이었다. 더구나 자기 말을 그대로 믿어주고 희준을 욕하는 영숙이 태도를 보면 영숙도 순진한 여자로 생각이 되었다. 그리고 또 자기 오빠가 끼친 죄악(?)을 누이 된 책임으로 보다도 참된 인간적 순정에서 소희를 위해 애 쓰는 영숙이가 거룩해 뵈었다.

(그 말괄량이 같은 영숙이게도 참된 우정이 숨어 있는가?

그 팔팔스런 성격에도 섬세하고 보드런 순정의 실마리가 맺 혀있는가?)

생각하면 할수록 영숙의 지금의 그 마음이 크고 넓고 따뜻 하게 생각이 되었다.

(결국 사람에겐 정이란 것이 가장 크고 높은 것이거든 참 된 순정! 그것은 아무런 권세와 아무런 귀한 보배 보다도 몇 배나 더 소중한 것이거든, 나는 비록 소희게 버림당한 사람이지만 소희를 사랑했던 그 순정을 의리로 돌려가지구 그를 구원해 보자, 비록 육체는 버렸지만 그 마음만은 어떻 게 깨끗이 만들 수 있지 않을까? 그의 어두운 마음의 들창 을 열어 줄 사람은 오직 나 하나가 아니냐?)

준걸은 열병난 사람 모양으로 온 몸이 화끈하였다.

그 다음해 사월 준걸은 어떤 유력한 선배의 추천으로 서울 모 사립고등보통학교 교원이 되어 S읍에서 서울로 올라오게 되었다. 학교 가까운 혜화동에 조그마한 하숙을 얻어 자리 를 잡고 그는 새 희망에 불탄 가슴으로 매일매일 학교에 출 근하는 일방 동식물에 대한 재료 수집이며 실험 연구에 게 으르지 않고 있었다.

개나리 꽃이 피고 살구 꽃망울이 앉는 이른 봄날 준걸이의 쓸쓸한 하숙에 어떤 신여성 두 사람이 준걸을 찾아 왔다.

그것은 영숙이와 소희였다. 준걸은 이 두사람의 만남이 다 시없이 반가왔다. 거의 일년 반이나 못만나던 그들, 더구나 영숙은 한때 서로

사랑하던 사이요, 소희는 짝사랑에 불타 는 여자니만큼 준걸로는 말할
수 없는 희열에서 그들을 맞 이하지 않을 수가 없었다.

"첫째 서울로 영전되신 선생님을 축복합니다. 그리구 지난 날은 여러
가지루 감사해요!"

영숙이가 입을 열자

"천만에요 여러분 덕택으루!"

하고 준걸은 얼굴이 뻘겋게 상기되어 수줍은 태도로 대답 을 했다.

"오신지 퍽 오래 되셨죠?"

"네 인제 한보름 됩니다. 그런데 제가 먼저 찾아 가려구는 하면서두
길두 잘 모르구 또 새로 와서 분주두 하구 해서 대단 미안합니다. 그런데
대체 제 하숙을 어떻게 알구 찾아 오셨어요?"

"××신문 인사 소식난을 보구요!"

"네 참!"

"그걸 보구 선생님이 그 학교루 오시게 된 줄을 알구 학교 에 전화를
걸어 주소를 알았죠!"

"참!"

(원문에서 글자판독 불가능) 띄우고 한편에 앉아 있었다.

"지금은 어디 계서요? 아직두 평동 어디 계서요?"

준걸이가 소희를 향해 물었건만 소희는 그대루 머리를 숙 인채 대답
을 못한다.

"저와 같이 길야정(吉野町)에 있어요. 저두 기숙사에서 나 왔어요!

"네! 그럼 어린앤?"

"시골 우리집에 갖다뒀죠."

"네!"

소희는 더한층 얼굴 빛이 발개가지고 아무 말이 없이 앉아 있다.

"그럼 소희씨는 지금 뭘루 소일을 하시나요?"

"S백화점에를 다니죠."

그것도 영숙이의 말이었다.

"굳이 다니지말구 그저 집이나 보구 있으래두 제가 할 일은 해야 헌다구 기어이 취직을 해가지구 다니죠. 아침 여덟 시에 가서 밤 열한시에나 돌아오는 그런 호된 직업을 글쎄!

그래서 집에만 돌아오면 그냥 죽지오. 오늘두 몸이 피곤해 견딜 수 없다는걸 일요일 날두 산보를 못허면 어떡허느냐구 제가 막 끌구 나왔죠."

(원문에서 글자판독 불가능) 은 꽃과도 같이 애달픈 애수가 약간 떠올라 있고 가는 실 오라기와 같은 잔 주름이 또한 얼굴에 끼어있음을 볼 수가 있었다.

"약하신 몸으루 그렇게 과로하시면 되나요?"

"................"

소희의 얼굴은 여전히 빨갛게 상기가 되어 있고 입은 다문 그대로였다. 방안의 공기는 이상히 긴장된 채로 풀리지 않았다.

끝끝내 소희는 아무말도 하지 않고 앉아 있다가 영숙이 일 어사자 자기도 따라 일어서 가버리고 말았다.

그들이 간 뒤 준걸은 오히려 만나지 않았던 것보담도 더 한층 가슴이 쓸쓸하였다. 의외로 영숙이의 성숙된 태도 그 리고 아무말도 없이 얼굴을 붉히고만 앉았다 돌아간 소희의 애처로운 모양을 준걸은 어지러운 가슴에 손을 대고 일년반 동안에 그렇게도 변해진 그들의 세계를 멍하니 생각하고 있 었다.

그러나 생각하면 할수록 소희의 비참한 행로가 몹시도 가 슴을 찌르는 것이었다.

그 어느날이었다! 그것은 소희와 영숙이가 다녀간지 한 보 름이 지난날 싹트던 잎이 이제는 제법 푸르러 망울망울 꽃 송이가 보드런 향기를 뿜는 사월도 그믐께!

준걸은 학교일도 다소 익숙하게되자 길야정(吉野町) 영숙이 집을 찾았다. 마침 일요일이 돼서 그들과 같이 교외의 산보 라도 갈 양으로 그들이 있는 집번지를 찾았을 땐 문에는 자 물쇠가 동그라니 걸리어 있었다.

(앗참 편지로 약속이라두 하구 올걸.....)

준걸은 후회했으나 그러나 어떡할 길이 없었다. 명함을 꺼 내 다녀갔단 걸 간단히 써놓고 그는 다시 휘청휘청 전차 길 로 내려오고 있었다.

생각하면 할수록 떠 오르는 두 개의 환영! 그것은 소희의 애련한 얼굴과 영숙이의 옛날과는 딴판 달라진 성인(成人)같 은 태도였다.

한 여성을 자기가 죽자고 따라다니고 또 한 여성은 자기를 희롱하려 따라다니던 지나간 일! 지금 그 소희는 끝없는 불 행에 울고 있고, 그 영숙이는 이제 성숙된 처녀로서 그 점 잖은 게 숙녀같다. 이리하여 자욱자욱 봄 아지랑이를 헤치 고 떠오르는 두 여성의 모양은 안타까이도 순정적인 그의 마음을 가지가지로 어지럽게만 하였다.

(각가지루 윤락된 소희!)

(광명을 등진 그의 앞길!)

준걸은 불행에 우는 소희가 다시금 아프게 생각되었다.

(이제 만일 내가 소희를 사랑한다면 그이는 나를 사랑해 줄건가! 나와 결혼해 줄건가?)

이렇게도 생각해 보고

(순정적인 첫사랑이 영철에게 있고 그의 애까지 낳은 소희 가 다시 딴 남성과 사랑을 하거나 결혼을 할 리가 있나!)

이런 생각 속에 머리를 써도 보고

(그럼 영숙이와 난 결혼을 할게? 그 희준이 녀석과는 헤어 졌다니까)

이런 생각 속에 멍하니 가던 걸음을 멈추기도 하면서 경성 역전 전차 정류장까지 왔다.

구슬픈 기적 소리가 당나귀 울음처럼 처량하게 봄 하늘에 퍼져간다. 소란한 사람의 물결이 와글와글 떠든다.

"어데로 갈까?"

그는 발을 멈추고 안전지대(安全地帶)에서 전차를 기다리고 있었다.

순정해협

—

"소희 사장실에서 불러요."

점원 감독의 말소리를 듣고 곧장 사장실로 발길을 돌 (원문에서 글자
판독 불가능)

(오늘은 또 어쩔려누?)

생각하며 가슴부터 두근거리는 걸 겨우 진정하고 섰노라니

(과히 괴롭지나 않수?)

하고 그는 빙그레 기름진 얼굴을 소희 편으로 돌린다.

"아뇨....."

"저어 그런데 오늘 나와 잠깐 어데 가야겠는데!"

"................"

"다른게 아니구 내집에 손님들이 오시는데 소희가 접대를 해 줘야겠
어!"

"마침 집사람이 온천엘 갔어..... 미안허지만 여섯시꺼정 와 주어! 응?"

"네!"

소희는 불안 속에 다시 자기 처소로 돌아왔다. 점원들이 이상스러이 자기게로만 시선이 오는 것 같아서 얼굴이 공연스레 붉어지는 것 같았다. 그러나 소희는 돌아오는 길로 막 손님이 물건을 사자는데 정신이 팔려 이런 걸 생각할 여지도 없이 되고 말았다.

두시, 세시 네시 시간이 흐름을 따라 소희의 마음은 다시금 초조해졌다. 불안한 물결이 가슴을 헤치고 밀쳐 들어왔다.

"소희!"

깜짝 놀라 돌아보니 사장실 급사 애다.

"................."

"저 사장께서 뒷문으로 나오시래는데요!"

"그래!"

대답을 해놓고 마음이 난처한 걸 점원감독에게 말을 한 뒤 소희는 총총걸음으로 뒷문께로 내려갔다. 거기는 자동차가 기다리고 있었다.

"어서 타십시오."

눈치 빠른 자동차 운전수가 또어를 열어 젖히고 자기를 기 다리고 섰는 걸 멍하지 보고 있노라니

"사장께서 모시구 오랍시는데요?"

하고 다시 모자를 벗어 든다.

"네에....."

소희는 못 이겨 차에 올라 탔다.

소희가 사장댁에서 돌아온 날 밤은 혼자 자리에 엎드린체 늦어가는 봄밤을 혼자 새웠다. 돈으로 또는 지위로 자기를 얕잡아 보고 온다는 손님은 오지도 않고 건들하게 술이 취 해가지고 자기를 희롱하던걸 생각하면 생각할수록 분통이 터졌다. 요행히 몸은 더럽히지 않은채 빠져나왔지만 암만 해도 그 일을 오래 계속할 수는 없는 것 같았다. 뼈가 휘도 록 노동하는 것만도 괴롭고 눈물이 나는데 자기의 몸까지 농락하려는 그 악마성을 가진 사장의 행동에는 참을 수 없이 가슴이 타고 눈물겨웠다. 더구나 시골로 보낸 어린애 생각, 며칠 전 상해로 연애 방랑을 떠나간 뒤 소식도 없는 영숙이의 자비롭던 손, 그리고 행복스럽게 살 동경의 영철이!

이 가지가지를 생각할 때 소희의 가슴은 찢기었다.

(천하에 이렇게도 외롭고 설은 일이 어디 있을까?)

(저어 준걸씨나 찾아가 볼까?)

(꾸준히 날 동정해주고 뒤를 돌아봐주는 그이! 그런데 그이 는 어째 그새 한번도안 찾아올까? 그러나 내가 이곳(안국동) 으로 이사를 오구 두 알리질 않았으니 아마 길야정 주소루 몇번을 찾아 온지두 몰라.....)

춘정에 타는 고양이 울음 소리에 밤이 새는 곤한 몸을 소 희는 자리에 눕힌채 잠 안오는 눈을 깜박이고 있었다.

(또 내일은 그 진저리 나는 일을 해야 하나?)

(일두 일이지만 그 사장녀석의 추근추근한 꼴을 또 어떻게 본담?)

생각하면 반생을 걸어온 길이 모두 가시 길이었다. 영철과 금강산을 갔을 때 그리고 그 겨울 영철의 품에 안기었을 때 그것이 최고의 행복이라 할까? 그러나 그것도 결국 비극으 로 끝막는 일이 아니냐? 그 때문에 애비도 없는 애를 낳고 한 사내에게 버림을 당하고 나서 이 고생속에 지내는 가엾 은 꽃이 되지를 않았는가! 시들은 병인과도 같이 나날이 파 리해 가는 몸! 오! 저주할 인생의 가시 길이여!

그리하여 그에게는 오늘날 그렇게 믿어오던 하느님도 그 존재를 부인하게 까지 되었다.

(신의 권능이 있을진대 만일 신이 그를 믿는 이에게 구원 의 손길이 있을진대 이 죄없는 여성을 이같은 구렁덩이 속 에서 허덕이게 할 리는 없을거야! 그러면..... 암 그렇다 뿐일 까?)

이렇게 혼자 종알거리며 슬픈 때나 괴로운 때나 정성껏 드 리던 기도도 다 팽개치고 오직 허무한 비웃음과 때때로 흐 르는 눈물에 온 정신이 어지러울 뿐이었다.

눈물의 몇날이 흘러가는 동안 소희는 점점 마음이 괴로와 가고 몸이 쇠약해 갔다. 그러나 영숙이 조차 없어진 오늘날 에 노동을 하지 않으면 그에겐 빵이 돌아 오질 않는다.

아침 일찍 일어나 일터로 가야하고 저녁 늦게 돌아와선 한 술 저녁을 뜨고 잠자리에 드는 소희! 이 뼈저린 점원 생활 도 눈물 속에 또 한달이 지나갔다. 그러나 세월이 (원문에서 글자판독 불가능)

(오! 영철이!)

때때로 소희는 영철을 생각하였다. 차마 잊어 버릴 수 없 는 첫사랑의 남자! 그리고 그 귀여운 애의 아버지! 그러나 그것은 봄안개 같은 꿈이

다. 아니 꿈은 꿈일는지 모르지만 영철도 무슨 인스피레숀을 감했는지 가정 싸움이 잦은 뒤로 부턴 소희를 생각하는 마음이 더욱 간절하였다. 일년 반이 란 동안 그들의 생활은 난마와 같았다. 때로는 별거도 하고 때로는 다시 모여 살기도 하면서 그들은 때때로 싸움판이 벌어졌다. 물론 영철이의 과거가 나쁜 것도 그 이유의 하나 이지만 그 아내 명신은 결혼 전과는 따로이 교양 없고 예의 가 없고 이해가 없었다. 그 때문에 싸움이 잦게 되고 싸움 이 잦음에 따라 영철인 소희 생각을 더하게 되었다. 더구나 영숙이 편지로 악마같은 희준의 작희로 그리 됐다는 걸 안 뒤로 더한층 소희가 생각되었다. 그러나 그는 법적으로 결 혼한 명신을 버릴 용기가 없었다. 용기가 없다는 것보담도 오늘날에 있어서 는 시끄러운 여자 문제로서 귀여운 시간을 낭비할 필요가 없다는 것이 었다. 더구나 그의 법이론으로 보면 소희를 어떻게 처치할 길이 없는 오늘날 그것 때문에 명신이와 이혼 소송으로 떠들어 댈 필요도 없고, 또 여자란 마찬가지라는 한편 여성을 모욕하는 심적 태도도 있는 (원문 에서 글자판독 불가능) 는 그는 마침내 그 소망의 목적을 달할 수가 있었다.

(변호사!)

그는 시험이 발표되는 날 합격된 것을 알자 혼자 몇번이나 외면서 빙그레 웃음을 웃었다.

(변호사! 당당히 법정에 나아가 떠들어 볼 수 있는 변호사)

그는 다시 어깨가 으쓱하였다.

칠월의 첫더위가 서울 거리에 용광로를 피우기 시작한 뒤 날은 점점 더워졌다. 때때로 소낙비 지나간 뒤에 날은 잠깐 시원해지지만 그것도 잠깐이요 더위는 점점 더해갈 뿐이다.

날도 더워가지만 소희는 날마다 당하는 육체적 고통과 정신적 고통 때문에 몸은 나날이 파리해 갔다. 악마 같이 매일 매일 달려 드는 사장의 색마적 농락을 피하려는 괴로움, 피가 마르는 점원생활! 소희는 요즈음 심신의 혼란과 함께 그만 몸져 눕게까지 되었다. 그러나 병든 그에게 간호 해줄 사람이 한 사람인들 있을 리가 만무하였다.

머리가 무겁고 팔 다리가 쑤시고 등골이 짜개는 것 같이 아프고 전신이 불 덩어리 같이 달아 올랐건만 찬 물수건 하나 이마에 대주는 사람조차 없었다.

의사를 부르려고 해도 자기 같이 가난한 사람에겐 현금이 있어야 한다. 또 현금을 구할 수도 없지만 그걸 구한다기로 니 누가 약시중을 해주기나 하랴? 소희는 병도 병이려니와 서러운 자기 몸을 생각하고 혼자 눈물 속에 흐느껴 울지 않을 수가 없었다.

(아! 준걸씨라두 오셨으며!)

생각나는 것은 그 옛날 서울 강습 왔을 때 자기를 극진히 간호해 주던 준걸이었다.

(그인 왜 한번두 안 오실까?)

(동경서 열린다는 무슨 학회(學會)에 가신다구 한번 데파트로 찾아 오시구선 그 뒤론 안 오시니 아직 아니 오셨나?)

그 순진한 준걸이의 무거운 손이 소희겐 끝없이 그리웠다.

안타까이 그의 손길이, 그의 자비로운 눈이, 그의 믿음직한 말이 그리웠다. 그러나 그이도 오지 않았다.

눈물과 고열(高熱)의 사흘이 지나갔다.

해가 누엿누엿 저물었을 때 소희를 찾아온 손님! 그 이는 뜻밖에도 사장 김철수(金哲洙)였다.

"출근을 못 한다기에 알아 봤드니 병이 났다구! 그런데 병 이 어떻소?"

".............."

온 몸에 소름이 쭉 끼쳐 대답도 못하고 소희는 자리에서 겨우 일어나려고 하였다.

"가만히 누워 있어요. 병난 사람이 인사를 차릴 여지가 있 오?"

그는 아주 점잖은 태도였다.

(저 악마놈이 무슨일루 또 왔나?)

소희는 열에 타는 몸으로 원망하는 듯 그를 바라보았건만 그는 아주 점잖게

"의사나 와 보았요?"

하고 묻는다.

"네 와서 약을 먹었어요."

소희는 거짓말을 했다. 아무리 죽는 한이 있어도 그의 도 움과 친절을 받고 싶지는 않았다.

"그렇지만 저렇게 열이 높은 모양이니!"

하고 그는 손을 내밀어 소희의 이마에 얹었다.

"아잇."

소희는 그의 손을 뿌리치고 돌아 누웠다.

"하 온....."""

그는 무료한 듯이 이렇게 외치곤 "그럼 몸조리 잘 하오!"

그가 간 뒤에 소희는 더한층 적막했다. 한편 시원도 했지 만 사람없는 자기 주위에 그 사람조차 가버리고 난 뒤엔 웬 셈인지 자기도 모르게 적막하였다.

(세상이 이같이도 차담!)

다시 몸을 돌이키어 한숨 질 때 전깃불이 들어왔다.

바로 그때였다.

"편지요!"

하는 소리에 깜짝 놀라 소희는 열에 들떠 어지러운 신경을 귀로 모았다.

"김소희씨 서류야요!"

하고 소희 방 앞에서 다시 "도장 주세요." 한다.

(서류? 이상한 일이다)

하면서도 손은 미닫이 편으로 갔다.

"도장 주세요."

소리가 연거푸 나는데 따라 소희의 손은 다시 도장을 찾기 에 바빴다.

"무슨 서룰까?"

도장을 꺼내 들고 겨우 몸을 일으키었을 때 그것은 뜻밖에 준걸의 편지와 조그만 소포였다.

(원문에서 글자판독 불가능) 하고 의심 나는 손이 '?' 속에 봉투를 찢었다. 그 속엔 뜻 밖에도 이십원짜리 소위체 한 장과 어여쁜 핸드백 하나가

들어 있었다.

그리고 편지 사연은 눈물겨운 구절구절 가득 차 있었다.

'사모하옵는 소희씨!' 첫귀절을 읽고 소희 가슴은 떨렸다. 눈은 유성(流星)인 듯 다음 행간으로 줄달음 쳤다.

'뜻밖에 학회(學會)에 와서 오래 있게 되는 동안 하루 한때나마 소희씨를 잊을 수 없었읍니다. 그 지난달 순정적인 저 의 가슴에 불질러 놓으신 소희씨가 오늘날 한 사내 때문에 버림을 당하고 눈물의 고생살이를 하고 있음을 생각할 때 저는 끝없는 동정과 피어린 눈물을 금하기 어려웠읍니다.

자주 찾아 가서 위로의 말씀이라도 드리고 싶었으나 저는 웬 셈인지 소희씨만 뵈오면 가슴이 두근거리고 말문이 막혔 읍니다. 그리하여 자주 뵈올 기회도 짓지 못하다가 제가 이 곳으로 온 동안 소희씨는 얼마나 고생살이를 하시는지 안타 깝습니다. 한발 가까운 서울에 있을 때도 항상 그리움과 동 정이 교차된 형언하기 어려운 정을 금할 수 없었지만 멀리 이역(異域)객사에 고달피 지내올 때, 더한층 소희씨가 그리 워 지나이다. 저는 원래 못난 사내라 소희씨를 사랑할 아무 런 자격도 없는 몸이오나 저는 어디까지나 소희씨를 아끼고 소희씨를 뒤돌아 보려는 그 순정만은 사라지지 않으렵니다.

미안하오나 약간의 고생살이의 보조가 될까하여 원금 몇푼을 보내오니 웃고 받으십시오. 다못 바라노니 이돈은 제가 어떤 잡지에 쓴 논문 원고료로서 정결한 정성의 한토막이라 는 것만 믿어주소서. 이곳 일은 한 일주일이면 끝나겠나이 다. 다시 뵈올 때까지 내내 안녕히 계서요. 그리고 부디 몸 조심 잘 하서요.

동경 객사에서 준걸상' 편지를 다 읽은 소희의 눈에서는 아지 못하는 사이에 눈물 이 양편 관자노리로 흘러 내리었다. 불타는 순정의 편지. 그 리고 그 값있는 원고료를 털어보내는 그 거룩한 마음! 열에 타는 머리가 끝없이 흥분이 되었다.

(오! 귀여운 편지! 그리고 돈! 그리고 선물!)

사실 하루에 일급 팔십전을 받는 소희게 그리고 의사 하나 부를 수 없는 가난한 소희게 그 돈 이십원은 큰 돈이었다.

그리고 바람벽 하나만이 그의 동무인 오늘날 준걸이가 보낸 피끓는 편지는 소희 마음에 영원히 잊지 못할 기념탑이었 다.

세상에 억만으로 세이는 돈이 오늘날 소희게 있어선 이돈 이십원을 당할 수 없을 것이요. 억천만권으로 세이는 시서 가 이 몇줄 안된는 편지보담 귀할 것이 못되는 것이다.

소희는 눈을 감고 준걸이를 생각해 보았다. 짓밟히고 천대 만 받고 자란 준걸이, 그 고생과 굴욕속에 삼십년을 지내온 준걸이, 그러면서도 독학으로 소학교 훈도가 되고 다시 중 학교 교원까지 된 그의 굳은 의지! 생각하면 할수록 자기가 준걸이 앞에 설 면목도 없는 여자 같아서 그 돈과 그 편지 를 받는 것이 도리어 황송하고 미안하게 생각이 되었다. 사 오년간 꾸준히 한결같은 맘씨로 자기를 생각해 주는 그 순 정적인 심리, 타락에 울고, 고생속에 항상 자기 신변을 생각 해 주는 준걸이, 그이는 성인 이었다. 현대의 감정적인 그리 고 조삼모사로 변하는 이기주의자! 기회를 보아 이로울 곳 만으로 따르는 기회주의자! 여자의 처녀성과 미모와 신분과 재산만을 탐내는 사내들을 압도하고 초연히 높은 성터에 서 서 내려다 (원문에서 글자판독 불가능) 다. 무어라고 말할 수 없는 기쁨과 부끄러움이 한데로 합 쳐 소희는 미친 사람같이 소리도 질러보고 엎드려 울기도 했다. 그러나 새록새록 가슴에 맺히는 건 영철이를 원망하 는 마음과 준걸이를 사모하는 생각에 마음은 두갈래로 흘렀 다.

준걸이가 예정한 대로 한 주일 뒤에 서울로 돌아 왔을 때, 뜻 안한 사건에 준걸은 눈이 휘둥그래졌다.

그것은 소희가 경찰서에 살인죄로 심문을 받고 있다는 신 문 기사였다.

'미모의 여점원은 과연 사정을 죽였는가?

××사장 사택에서 일어난 괴사건 경찰은 극비 조사중' 이란 제목으로 혹은 '푸른 침실에서 맺어진 (원문에서 글자판독 불가능) 美貌의 女店員 含淚不答' 이란 제목으로 각 신문은 사단 길이로 사진까지 넣어서 흥 미 백퍼센트의 뉴우스를 제공하였다. 준걸은 꿈인 듯 몽롱 한 가운데 그 기사를 다 내려 읽었다.

이제 그 신문기사에 의하면 ××데파트의 여점원 김소희는 수월 전부터 그 데파트 사장 김철수와 은밀한 관계를 맺고 있었는데 그날도 사장의 본처 김성실이가 온천 간 것을 기 회로 두 사람이 그의 사택

침실속에서 가진 향락을 다 하던 끝에 돌연히 사장 김철수는 어찌된 셈인지 죽었다는 것이 다. 그런데 사건의 내용을 경찰은 일체 비밀에 붙임으로 자 세한 사정을 알 수는 없으나 탐문한 바에 의하면 김소희는 원래 사범과 출신의 일종 훈도로서 ××공립보통학교에 다년 간 근무하던 중 그곳 모 부호의 아들을 유혹하여 어린애까 지 낳았지만 그 뒤로 웬 셈인지 그 남자는 소희를 일체 돌 아보지 않음으로 하는 수 없이 생활의 방도를 구하여 ××데 파트의 여점원으로 채용이 되었는데 그의 타고난 미모에 유 혹된 사장은 때때로 소희가 랑데부를 하는 동안 자기 아내 가 없을 때는 사택으로 데리고 다닌 일도 여러번이었다. 그 런데 최근 ××데파트가 수년내로 년년히 결손만 되던 것인 만큼 그 이면엔 무슨 복잡한 사정이 있는지도 모른다는 것 이었다. 그리고 소희는 경찰에서 아무 말도 대답잖으므로 그가 자살했는지 또는 소희가 무슨 사정으로 그를 독살했는 지 모른다는 것이 또 씌어 있었다.

준걸은 이 끝없이 윤락된 소희의 몸을 생각할 때 눈물부터 앞섰다. 과연 소희는 그렇게 더러운 여자던가? 그렇게도 불 건실한 여자던가? 그러나 준걸은 그걸 믿지 않았다. 천하 사람이 다 그리 생각한대도 준걸만은 그렇게 믿을 수가 없 었다. 물론 표면으로 보면 소희를 그렇게 추측할 수도 있는 것이지만 준걸로는 소희가 남을 유혹하거나 돈 때문에 자기 몸을 더럽히고 또 무슨 일로 그 남자를 독살하였으리라고는 생각할 수가 없는 것이다. 그것은 다년간 준걸이가 소희를 사모하던 그 순정에서만이 아니라 그 사람된 품이 그럴 여 자는 결코 아니라고 생각했다.

그러나 세상엔 믿었던 사람이 상상 밖의 일을 하는 수도 많고 또 오해와 억측 때문에 부질없는 누명을 쓰는 것도 한 둘이 아닌 것임을 생각하고

(아무래도 소희는 그 남자와 그런 추악한 관계는 맺잖었을 거야. 그리고 그의 침실속에 들어갔다 하더라도 최후의 일 선만은 지켰을 거야)

하고 가지 가지로 그를 자기 혼자 변명도 해 보았다.

여러 가지로 보아 소희가 그 집에 있었던 것만은 수 없는 사실이라는 것을 부인할 아무런 자료도 없는 것을 생각할 때 그는 또 뭐라고 자신을 변명할 수도 없었다.

(어쩌문 그동안 그리도 타락이 되었담?)

(어쩌문 그리 윤락의 길을 걷고 있었담?)

(......................)

생각에 목메인 준걸은 어쩔줄을 모르고 우두커니 책상에 엎드린채 무더운 여름날을 보내고 있었다. 그러나 유치장 속에 앉아 있을 소희를 생각하니 가슴이 아팠다. 그 약하고 고운 소희 몸이 그 더럽고 무더운 속에 있는 것이 준걸이로 서는 참을 수가 없었다. 생각하면 비록 소희가 가난한 사람 이라지만 그의 지내온 생애는 그렇게 고생살이가 아니었다.

그러던 소희가 지금 생지옥 같은 유치장 속에 그 더러운 누 명을 쓰고 앉아 고민하고 있을 것을 생각하니 생각하는 준 걸이 가슴도 용광로 속에서 볶이는 것처럼 답답하고 초조하였다. 그리하여 그는

벌떡 자리에서 일어나는 길로 ××경찰서 사법계로 달려갔다. 그러나 안타까운 준걸이 가슴에 던 져주는 한마디 말은 '면회 일체사절'이란 것이었다. 물론 형 사 피의자를 (원문에서 글자판독 불가능) 지만 그건 너무도 준걸이에게 뼈아픈 말이었다. 생각하면 벌써 수년전 아직도 소희가 처녀시절 의전병원에 영철이가 소희를 입원시켜 놓고 '면회 일체사절'이란 걸 써붙이더니 이번엔 경찰의 입으로 '면회사절'이란 것을 말할 때 또 무슨 불길한 일이나 있을 것 같은 예감에 준걸은 이마도 찡그리 었다.

(또 소희게 불행이 오려나?)

그는 혼자 중얼거리면서 겨우 사식 차입을 허락맡고 하숙 으로 돌아오고 말았다.

흐르는 세월은 밤과 낮이 오고 가는 동안 어느덧 한달이 지났다. 벌써 서울의 더위는 한창이요 모두 도회 사람들은 더위를 피하여 해수욕장으로 내려갈 준비에 바빴다. 학교도 방학이 되어 야심 많은 학생들의 귀향(歸鄉)도 바쁘고 향락 의 무리들이 피서지로 떠나는 길도 분주하게 되었다.

준걸의 수년래의 계획인 백두산 고산식물(高山植物)채집의 길도 떠날 시일이 되었건만 준걸은 차마 소희를 그대로 내 버려 두고 떠나갈 수가 없었다. 그리하여 검사국으로 넘어 간다는 날 경찰서 앞에서 겨우 자동차 안에 앉은 소희의 모 양이나마 잠깐 보고 그는 다시 떠나려 하였으나 그것도 어 느틈에 호송되었는지 알 길이 없었다.

(원문에서 글자판독 불가능) 안고 멀리멀리 허공을 떠도는 것 같았다.

한여름의 더위도 거의 가고 아침 저녁으로 상냥한 가을 바 람이 흔들리는 구월 열흘날! 만인이 기다리던 흥미의 김소 희 살인사건 공판은 경성 지방법원 제×호 법정에서 열리었 다.

'미모의 죄수'라는 특이한 별명을 쓰고 법정에 선 소희, 용 수는 벗었지만 더벅머리에 푸른 죄수 옷을 입고 '조오리'를 신은 소희의 모양은 오랫동안 햇볕도 못 보는 감방 속에서 초조와 불안에 싸여 지낸 탓인지 창백하기 끝이 없다.

(온 저런..... 소희가 그새 저모양이 되다니)

방청석 한 구석에서 누군지 이런 한숨 섞인 소리가 들리었 다. 그것은 준걸이었다.

각 여학교에서 특별 방청을 온 생도며 장안의 각층 남녀가 모인 그 속에 한 자리를 잡고 그는 재판장을 향해 선 소희 의 초라한 뒷모양을 보고 몇번이나 가슴을 조이며 안타까운 마음에 달떴는지 모른다.

재판은 벌써 시작이 되어 차곡차곡 재판장이 심문을 한다.

어마어마하게 검사, 배석판사, 통역생, 서기 등, 육 칠인이 각기 제복을 입고 둘러앉은 높은 대를 향해 눈물 머금은 소 희의 말 소리가 가냘프게 들리었다. 마치 늦가을 시들은 잎 에 깃들인 나비와도 같이 소희의 모양은 힘이 없고 쇠잔하 였다.

주소 씨명 연령 전과 유무 등을 묻고 판사는 검사의 심문 조서에 의해서 다시 심리하기 시작한다.

"그래 어떻게 돼서 김철수집엘 그날 갔든가?"

그 말소리는 날카로왔다.

"사장이 부르시기에 갔어요."

"그럼 그전에도 수차 갔었는가?"

"두어번 갔어요."

"그럼 만나는 건 항상 사장 김철수의 집이었든가?"

"아아뇨. 별로 따로 만난 일은 없어요."

"그럼 그날은 어째 그집엘 갔든가?"

"사장이 부르시기에 갔었어요."

"어째서?"

"무슨 손님이 오신다고 접대를 하라기에 갔었어요."

"어째 그이 아내는 없든가?"

"어디 온천엘 갔었다나요!"

"그럼 넌 그 집에든 임시 주인이든가?"

"아뇨 그저 사장이 와서 일을 보라니깐 갔었을 따름이야 요."

"그런데 네가 앓고 있을 땐 그이가 너를 찾어갔었드라지!"

"네 왔었어요! 그렇지만 곧 갔어요!"

"그럼 그이와 정을 통하게 된 것은 언제부턴가?"

"정을 통한 일은 없어요!"

"그럼 왜 그전엔 그렇게 대답했나?"

"아냐요! 그저 그이가 죽게 된 날 전 그에게 끌어 안긴 것 뿐이야요."

"그럼 그전엔 왜 그이 집엘 갔나?"

"사장이니깐 그저 오라면 명령을 거역지 못해서 갔었을 뿐 야요!"

"그러면 그 전엔 그런 일이 없었나?"

"그전에도 여러번 그리는 걸 종시 거절했어요..... 그리다가 그 날은 어떻게 반항하다가도 이길 수가 없어서 끌어 안긴 채로 입술말....."

"그런데 넌 처녀가 아니라든걸!"

"네 어린애 하나를 낳었어요!"

"그건 누구거냐?"

"이영철씨라구 하는 분이야요."

"그인 뭘하누?"

"모르죠. 벌써 수년이 됐으니깐요."

(원문에서 글자판독 불가능)

"그런데 어떻게 어린애꺼정 낳고 헤어졌나? 결혼은 했었 나?"

"아뇨..... 약혼만 해놓고 결혼하기 전에 그이는 딴 여자 허 구 결혼했어요."

"어째서?"

"그건 모르죠! 그렇지만 그건 오해때문이야요....."

"무슨 오핸가?"

"중간에 어떤이가 작희를 했어요....."

변호사 석에 앉은 영철의 얼굴이 붉었다 푸르렀다 소희 말 소리를 따라 변하고 있었다. 영철은 지나간 모든 잘못을 속 죄하려고 지금 소희를 변호하기 위해서 오늘 여기 왔던 것 이다.

물론 영철이는 소희게 그러할 의무가 있는 것 같았다. 아 니 당연히 있었다. 소중한 처녀를 더럽히고 그 몸에서 어린 애까지 낳게한 그로서 그것은 마땅히 해야 할 일이었다. 그 래서 그 사실을 알자 곧 소희를 미결감으로 방문하고 자기 가 그것을 말하고 자신 오늘 출정한 것이다. 지나간 과거를 생각하며 눈앞에 초라하게 선 소희를 끝없는 동정의 눈으로 바라보지 않을 수가 없었다.

(원문에서 글자판독 불가능)

(아니 오해보담두 내가 성의가 없었거든. 아무리 별별 흉계 를 다 쓴대두 내가 진심으루 사랑하는 그이를 왜 조금치나 오해하고 못 믿었 을까?)

(에잇..... 내가 왜 소희를 버렸담! 그렇게 순결하고 성실한 그이! 사랑하는 사람을 잃고 어린애꺼정 빼앗기고 생활상 곤란으로 직업을 붙들었다 저 모양까지 된 소희...)

영철은 멍하니 그편만 정신없이 바라보고 있었다. 검은 머 리도 짙은 듯 이리저리 흐트러지고 통통하던 몸이 살이 다 빠진 듯! 서 있는 뒷모양이 너무도 파리하고 가엾어 보였다.

(아! 내가 다시 구하자! 그인 확실히 죄인이 아닐테니)

(아무렴! 그이는 죄를 짓지 않았을 거야.....)

(불쌍한 고아, 차마 말 못하는 그이의 꼭 다문 입수..... 힐끈 자기 편을 한번 바라보고 눈물이 어려 다시는 바라보지 못하는 그 눈! 코 앙상한 말라진 입술! 야윈 볼 뾰족한 턱!)

그는 눈이 빠지도록 그를 바라보고 있었다. 지나간 날의 추억과 함께 양심의 가책 때문에 얼굴이 확확 달아오르는 걸 참고 앉아 있었다. 만일에 자기가 변호할 책임만 없다면 어디로 달아나가고 싶었다.

"그런데 어째서 그를 독살했누?"

"결코 전 안죽였어요!"

"뭐? 네가 죽였다고 경찰에서도 고백을 했고 검사 앞에서 도 허잖었나?"

"경찰서선 너무도 때리니깐 그저 죽였다고 했지오..... 그렇 지만 검사국선 제가 죽였다고는 말 하잖었어요."

"그럼 어쨌느냐?"

"전 한번 그 일을 당할 뻔한 뒤 그래도 못살게 달려 드는 걸 겨우 달래가지고 수면제로 잠들라고 먹인거야요. 그게 그렇게 될 줄은 전연 몰랐어요....."

"어떻게 그 약을 구했누? 그집에 있었든가?"

"네 있었어요. 그런데 제가 그집엘 갔을 때마다 그이는 나 를 못살게 굴었어요. 그러다가 내가 끝내 듣지를 않으면 너 때문에 잠을 못잤으니 날 잠만 들여주면 그러잖을테니 자 찬장에 있는 약병옛 걸 꺼내서 내입에 넣어주고 물을 마시 도록만 해달래서 두 번이나 드린 일이 있어요!"

"그런데 그 약을 그날도 먹였단 말이지?"

"네 그 약병의 걸 좀 많이 드렸을 뿐이야요....."

"그럼 목은 왜 노끈으로 동겼나?"

"노끈이 아니고 제 옷고름으로 동쳤어요....."

"그건 어째서?"

"하두 못살게 달려들기에 어쩔 수가 없어 내 허리를 끌어 아는 그이 목을 그만 저고리 고름으로 동쳤어요....."

"그럼 그 고름으루 동겨 죽인거지?"

"아니오 처음에 내가 그걸루 동쳐매니깐 그인 지독한 여자 야! 하고 이내 꼭 껴안었든 허리를 풀어 주겠죠..... 그리구선 자꾸 잠을 들여 달라겠지나요. 그래 그옆에 잇는 장에서 약 병을 꺼내서 얼른 잠이 들라고 조금 분량을 많이 먹인거야요! 그랬는데 얼마 있다보니 그이 얼굴빛이 이상해지구 아 주 막 고민을 허겠지오? 웬일일까 허구 그이를 잡아 흔들면 서 그일 깨워두 점점 기운이 없어지겠지오? 그래 깜짝 놀라 의사를 불렀죠. 곧장 의사가 오기는 했지만 그땐 벌써 절명 이 거의 된 때야요....."

"그렇지만 의사의 진단에 의하면 술이 취한데 수면제를 먹 이고 잠든 틈을 타서 목을 끈으로 동쳐 죽인거라고 감정서 에 썼는데!"

"그건 거짓말이야요..... 그건 참으로 거짓말이야요..."

"거짓이 아냐, 네가 그이 돈을 탐내서 죽인 것이지?"

"................"

그 순간 소희는 정신이 아찔하여 뭐라고 대답할 수가 없었 다.

"그게 사실이지?"

"................"

"참말 그랬었지?"

"아니요......"

숨이 막힌 듯 그 말소리는 무거운 한숨 속에 떨리었다.

"어째서?"

"제겐 큰 돈이 필요찮아요! 그저 먹을 것만 있으면 그만이 야요.

세상이 돈 때문에 모두 허덕허덕 하지만 전 돈을 숭 배하는 배금 주의자
는 아니니깐요. 그러기에 더구나 돈 때 문에 그일 죽였다는 건 제게
큰 치욕이야요! 모욕이야요."

"?"

"그러니까 차라리 그이를 인간적으로 밀살스러워서 그중에 타는 불
길이 그를 죽였다고나 해주서요, 그러면 외려 제 가 슴이나 아프잖겠어
요....."

"?"

"사람은 공연히 남을 미워하고 남을 욕하고 또 의심하지만 그것 같이
더러운건 세상에 없어요. 재판장이 절 보구 아무 렇대두 좋습니다.
그렇지만 전 그 더러운 돈 때문에 사람을 죽였다고 누명을 쓰기는
죽기보담두 싫어요...... 나는 내 몸 을 짓밟던 그이가 미워서 죽였어
요....."

"그럼 확실히 죽였는가? 술취한 그이를 수면제를 먹이 (원문에서 글자
판독 불가능)

"아무렇게 해석해두 좋아요. 죽였다구 하는 걸 애써 번명할 필요는
없어요....."

소희는 자포적 태도였다.

"그럼 그게 사실이라면 피고에겐 더 심문할 게 없으니깐 변호인!"

하고 재판장은 변호사 석을 바라본다.

"네....."

영철이가 흥분된 얼굴로 일어섰다.

장내의 시선은 영철에게로 몰리었다. 그 중에도 증오에 타 는 준걸이의 두 눈, 그러나 준걸은 뻔뻔스러이 변호사 석에 일어선 영철이지만 소희를 위해 변호하려고 오늘 이 법정에 온 영철이가 한편 양심적인 것 같아서 고맙게도 생각이 되 었다. 또 한편 일종의 질투에 가까운 그 무엇이 가슴 속에 서리기도 하였다. 그러나 영철은 초공한 태도로 일어서서 열번을 토하고 있었다.

　"피고 김소희에 대한 유리한 몇 말씀을 드려 나는 피고가 절대로 사장 김철수를 죽이지 않았다는 것을 역설하려는 바 입니다. 이제 그것을 반증할 몇 조건을 들어 재판장의 선처를 요구합니다.

　첫째 피고 김소희는 사장 김철수를 죽일 조건이 하나도 없 는 것입니다. 소위 돈을 탐내어 죽였다고 하나 그것은 조금 도 입증할 조건이 하나도 없는 것입니다. 그 증거로는 소희 는 사장이 갖고 있는 돈에 욕심낼 인간이 아니기 때문입니다. 그것은 소희의 지금 답변한 돈 때문에 그일 죽였다는건 제게 치욕이니깐 차라리 인간적으로 미워 죽였다고 해주세 요 하는 일언으로 보더라도 알 수 있습니다. 현대 법률은 물적 증거를 치중합니다. 그러나 순정적인 그 소희가 한 사 내게 버림을 받고도 꾸준히 생을 유지하며 직장에서 양심있게 노동하던 것을 보아도 그가 아주 마음이 순결한 것을 알 수 있읍니다. 다만 지금 그가 죽였다고 피고가 답변한 것은 뜻밖에도 그런 누명을 쓰게되니깐 그 자포적 태도에서 '네 죽였어요 미워서 죽였어요' 한 것입니다. 그리고 또 둘째로 는 술취해 가지고 수욕에 찬 그가 끝없이 흥분된 때 다량의 수면제를 먹었으니 그것은 의학상으로 보아 혈관마비가 되 어 당연히 죽는 것입니다. 그 증거로는 그 사장이 술을 먹 지 않았다고 저편에선 주장하나 그건 도저히 믿을 수 없는 일입니다. 첫째 그는 술먹는 사람인 것이 틀림이 없고, 또 그집엔 양주병이 얼마든지 있었읍니다. 그뿐 아니라 그가 여자를 희롱하려고 할 때 똑똑한 정신으로 그러지는 못했 을 겁니다. 그것은 자신이 사장이란 지위로 보더라도 나중에 변명할 길은 술이 취해서 그랬노라고 도피(逃避)할 길이 있 는 때문입니다. 이는 뭇사내가 연약한 여성의 정조를 뺏으 려는 때 취하는 수단의 하나입니다. 그리고 피고가 사장의 목을 졸라죽였다고 하지마는 그것 은 도저히 믿을 수 없는 것입니다. 아무리 술이 취했다 하더라도 연약한 여자가 목 을 졸라매도록 가만히 있을 사내가 첫째 없을 것이고, 둘째 잠든 틈을 타서 그 사내의 목을 졸라 죽였다고 했지만 피고 의 심리상태 로 보아 그것은 도저히 불가능한 것입니다. 만 일 돈을 탐내었다면 피고에게 벌써 거기 놓여 있던 돈이 있 어야 할 것인데 그가 돈을 갖고 있지 않은 것만 보더라도 넉넉히 그가 돈을 탐내지 않았던 것은 확증됩니다. 더구나 그에겐 가족도 없고 남편도 없읍니다. 그에겐 그 큰 돈을 갖고 싶어 할 아무런 욕망도 없을 것입니다. 더구나 사람을 죽이고 돈을 뺏을 그런 흉악한 심리는 가질 수가 없는 것입 니다. 이런 의미에서 나는 피고가 그 사내를 죽이지 않았다는 것이 넉넉히 증명 되었다고 봅니다. 더구나 설사 피고가 그를 죽였다고 하더라도 자기의 귀한 정조를 유린하려고 달려드는 사내를 막기 위해서 한 행동이라면 정당방위라는 의미에서 당연히 무죄가 되어야 할 것입니다."

영철은 열변을 토하고 자리에 앉았다. 장내는 삼엄한 사벨 소리만 이따금 들릴 뿐 쥐죽은 듯 고요하였다. 긴장된 공기 가 터질 듯 장내에 흐르고 있었다.

조금 있다 검사가 일어섰다.

"본직은 피고가 김철수게 다량의 수면제를 먹인 뒤 그가 잠든 틈을 타서 돈을 뺏어갈 목적으로 목을 노끈으로 졸라 죽인 것이 확실함을 인증하여 형법 제 일백 구십 구조에 의 해서 사형을 구형함."

하고 앞에 놓인 서류를 들고 일어서자 재판장이며 배석판 사 통역생 서기 등도 모두 서류를 들고 뒷문으로 나가버린 다. 그러자 피고는 간수에게 끌려 나가고 방청객들도 모두 흩어지기 시작하였다.

(온 소희가 사형에......)

그의 미모 때문인가 또는 무슨 인연으로 그러는가 모두 동 정에 찬 말귀절이 여기저기서 들리었다.

준걸도 영철도 우울한 낯으로 법정을 나섰다. 준걸은 비록 검사가 사형은 구형했을망정 변호하기에 애쓴 영철일 찾아 가서 그가 변호한 공을 치하하고도 싶었으나 어쩐지 내켜 지지를 않아 다시 돌아서고 말았다.

二

재판소에서 돌아온 영철은 그날 끝없이 흥분이 되어 자리 에 그저 앉아 있을 수가 없었다.

첫째로 법정에서 소희가 하던 말 '저는 어린애꺼정 낳었어 요' '결혼하기 전에 그 어떤 오해가 생겨서......' '어떤 사람의 작희로 그리 됐어요...' 영철은 이미 그 사실을 영숙이의 편지로 잘 안다. 그리고 평소의 소희의 소행과 인격을 믿고 그것이 사실인 것을 자 기도 확인했다. 그러나 그때 영철은 신혼의 단 꿈속에 깃들었었고 또 일방 변호사 시험 준비에 바빴던 때라 야심 많은 그로서 그때 소희 문제 같은 건 그렇게 대수롭지 않게 생각 하고 말았다. 그러기 때문에 가슴에 어린 가지가지 추억이 그를 괴롭히긴 했어도 그만 그걸 죽여 버리고 학업에 정진하여 오늘의 명예를 얻었다.

그러나 오늘 법정에서 소희를 대하고 자기의 지난 일을 생 각할 때 자기 때문에 한 여성이 윤락되어 그런 누명까지 쓰 게 된 걸 생각하면 자기 일생을 통해서 속죄를 한다 하더라 도 그것을 갚을 길이 전연 없는 것 같이 생각이 되었다. 그 래서 그는 '소희가 꼭 무죄는 될테니깐 난 그이와 결혼할테다'하고 두 주먹을 불끈 쥐고 흥분된 두 분을 부릅떴다.

(그럼 지금 있는 아내는?)

(?)

(?)

(?)

(그러나 나는 소희를 구할 의무가 있지 않는가? 내게 그의 순결한 정조를 바치고 내 아들을 낳고 그리고도 나와는 살 수가 없게 되어 그는 마음의 괴로움과 물질적 고생을 하면서도 그래도 살려고 애쓰지

를 앓았던가? 영숙이가 도와주는 것도 받기가 어렵다고 데파트에서 노동을 하지 않았던가! 그러다가 결국 그런 누명을 쓰게 되지를 않았던가?)

(그러니깐 나는 그를 구원할 의무가 있고. 나는 그와 결혼 하여 내 지난 동안의 죄를 씻을 의무도 있다. 그러니깐 말 일 그가 무사히 나오는 날 나는 그와 결혼을 하여 그가 가 진 반생의 고생을 이제부터 오는 행복된 반생으로 바꾸어 보자.....)

그는 그밤을 뜬 눈으로 새우고 그 다음날 시간을 기다려 담임 판사의 허가를 얻어가지고 ××형무소로 소희를 면회하 러 갔다. 면회는 곧 허락이 되었다.

푸른 옷을 입고 一三一三이란 보기에도 싫증 나는 번호를 붙인 소희의 초라한 모양이 창구멍으로 보였다.

"소희! 어제는 감사합니다. 법정에서 현재 내가 어떤 신분 의 인간이란 걸 말해주지 않은 그 공로를 첫째로 감사하게 생각합니다. 그러나 그것도 내게는 큰 문제가 아닙니다. 나 는 소희와 결혼하기로 결심했읍니다......"

"?..............."

둥그런 소희의 눈이 의심스럽게 빛났다.

"나는 지나간 날의 모든 오해..... 모든 잘못을 당신께 용서 해달라고 오늘 이 자리에 찾아온 겁니다."

그의 말은 명석한 법률가이언만 두서가 없었다.

"내 양심으로 고백하자면 나는 진심으로 소희를 사랑하고 소희를 내 아내로 삼으려구 했어요. 그렇지만 운명의 신의 작희라할까 나는 그만 딴 여자와 결혼을 하게 됐어요. 피눈물 엉킨 소희와의 그 사랑! 그 사랑도 그때의 오해로는 어 떻게 다시 인연을 계속할 수는 없었거든 요. 소희! 용서해요.

그리구 나와 결혼을 해주어요....."

".............."

소희는 아무 대답도 없었다.

"소희..... 대답을 해줘요....."

"......이선생! 저 같은 게 다시 세상에 나갈 수도 없을게고 또 선생은 벌써 결혼하신 어른이 아냐요....."

소희는 눈물을 머금고 어디까지나 얌전스런 태도로 한마디 씩 차곡차곡 하고는 눈을 내려 감은채 아무 말이 없다.

"그럼 소희씨는 내 죄를 용서해주지 못하겠어요? 그리구 내 고민하는 마음의 날개를 끝내 상처난 그대로 두시겠어 요?"

".............."

"소희씨!"

"네?"

"아냐요. 그러실 건 없어요. 저는 이미 버린 몸이니까 염려 마세요. 그리구 난 또 생각하는 게 있으니깐요!"

"무슨 생각입니까? 무슨 계획입니까?"

"그건 지금 말할 순 없어요."

"그럼 소희씬 절 조금두 생각잖으세요?"

"생각은 해 뭣 하나요?"

".............."

영철은 가슴이 막히었다.

"그럼 전 영원히 한 개의 여성을 짓밟은 악마가 돼야 하나 요? 회한의 눈물 속에 이 마음을 다시 깨끗이 씻을 순 없나 요?"

".............."

소희는 머리를 숙인 채 대답 없이 서 있었다.

그때

"시간이오!"

하는 간수의 부리부리한 눈초리가 두 사람의 얼굴을 쏘았 다.

"그럼 가겠어요. 부디 안녕히 계서요! 언도는 구월 삼십일이니깐 그럼 그동안 몸조심하세요?"

소희는 자기가 경찰서로부터 지금 미결감으로 넘어 온 (원문에서 글자판독 불가능) 가 왔나 하고 마음의 푸른 날개를 돋치고서 그의 굳건 한 정의를 생각하고 나왔었는데 뜻밖에 찾아온 영철이의 엄청 난 태도에 소희는 어쩔줄을 몰랐다.

"준걸군! 참 한번 만난 일은 있어도 잘 모르겠어요!"

영철은 아직도 준걸이를 격멸하는 태도로 대답했다. 소희 는 그게 못마땅해서

"네 그럼 안녕히 가세요."

하고 다시 발길을 돌이키었다.

컴컴한 감방 안은 여전히 어두워 잠깐이나마 볕을 본 그의 가슴에

다시 검고 슬픈 그림자를 서리어 주었다.

소희는 문득 '고오리키'의 '룸펜窟'이란 희곡을 조선 어느 극연구회에서 상연하려고 번역했던 것을 걸자 동무가 가지 고 와서 읽던 걸 생각하였다. 그리고 문득 그 노래의 몇구 절이 생각났다.

해가 지나 해가 뜨나 監獄 속은 어둡네 밤낮으로 아귀놈이 아! 아! 아! 아! 아!

鐵窓으로 넘겨보네 네멋대로 넘겨보렴 담은 넘지 못하고 自由에 목말라도 아! 아! 아! 아! 아!

쇠사슬은 못끊네 아! 무거운 이 쇠사슬 아! 아! 아! 아!

아귀놈의 줄기찬 監視 아무래도 끊진 못하여 너를 解放 못하네 소희는 혼자 조를 맞춰 노래를 입속으로 불러봤다. 구슬프고 우울한 곡조이다. 입으로 고요히 부르는 그 노래 그리고 그러는 가운데 아지 못하게 떠오르는 두 개의 환영! 하나는 영철이, 하나는 준걸이......

소희 생각엔 영철이가 찾아 오기 전까지는 준걸만 허락한 다면 자기의 반생을 그 의지 굳은 준걸에게 맡겨 지나간 날 의 불행을 청산하고 행복스러이 살고도 싶었다. 그 굳고 줄 기찬 정신! 무엇이나 끝까지 관철하고야 마는 그 굳은 신념!

차디찬 이지! 그러나 용광로와 같이 한번 달면 꺼질 줄 모 르는 뜨겁고 무거운 준걸! 그것을 소희는 오랫동안 사귀어 너무도 잘 알기 때문에 지난날의 준걸일 경멸하던 그 생각 에서 지금은 그를 끝없이 존경하는 것이다.

그래서 지금 불행한 소희를 끝까지 돌봐주는 그 순정에 소 희는 준걸이와 일생을 같이 하면서 그를 받들고 그를 도와 그의 일생을 빛나게 해주고 싶었었다. 그런데 오늘 영철이 의 돌연한 결혼 신입에 소희는 당황하지 않을 수가 없었다.

첫사랑의 애인이오, 또 그이의 씨를 낳은 자기 몸임을 생각 할 때 그이의 결혼 신입도 한 말로 거절해 버릴 수는 없었 다.

(그렇지만 영철인 아내가 있지를 않는가?--)

이렇게 생각하면 그는 영철이에 대한 희망이 없었다.

(그렇지만 이혼을 하고 내가 구혼을 하면 어떡허구? 그인 모든 걸 희생한댔으니깐--)

(그땐.......)

하고 소희는 얼굴을 붉힌채로 가슴에서 물결치는 혈조를 참을 수가 없었다.

(그렇지만 나같은 게 살 수가 있을라구?.....)

비록 자기 마음으론 그런 무서운 범죄 사실을 부정할 수 있지만 세상엔 증거 때문에 자기가 누명을 쓰고 징역하는 일도 또 사형이 되는 경우도 많지 않은가를 생각하면 가슴 이 조이고 온 몸이 불속에 든 벌레처럼 안타까왔다.

그러나 올 날은 오고야 말았다. 구얼 이십일 날 열리려던 공판은 예정과 같이 오전 열시부터 ×호 법정에서 열리었다.

생사의 기로에 선 이 공판을 앞두고 소희는 얼마나 울었는지 모른다. 더럽고 무서운 죄명으로 기소가 되어 고생하는 이 부끄러움이 첫째 자기 자신을 모욕하는 것은 말할 것도 없고 이 만인 방척객중에 이런 죄명을 쓰고 나서기가 죽음보담 더 부끄러웠다. 그러나 소희는 그날도 여전히 법정에 나섰다.

(어떻게 되려노?--)

소희는 마음을 단단히 먹고 법정에 나갔다.

변호사의 변호한 덕인가? 또는 사실 심리에서 얻은 정확한 판단이었던가? 소희는 무죄석방이 되었다.

그동안 영철 변호사가 제출한 가지가지 유리한 재료에 의 하여 조사한 결과 소희의 범행은 인증할 수 없다는 것이다.

더구나 평소 소행이 좋지 못한 사장 김철수에 대한 불신임 이 더욱 소희를 무죄의 길로 이끌게 되었다.

소희는 몇날이 안되어 광명 세계를 볼 수 있었다. 검사의 공소권 포기로 인하여 더구나 속히 소희는 그 어둡고 음울 한 형무소를 나와 다시 햇볕을 볼 수가 있었다.

그러나 소희는 갈 곳이 막연하였다.

(원문에서 글자판독 불가능) 는 천애의 고아 소희는 철문을 나서기 전부터 앞길이 캄캄 하였다. 드디어 소희는 철문을 나섰다. 뜻밖에 -- 마음속에 는 물론 기다리던 것이었지만 -- 준걸이가 기다리고 있었다. 또 영철이도 더구나 영철인 언제 데려왔는지 어린애 -- 그것은 소희가 낳은 애였다 - 까지 데리고 왔다. 그밖에도 주인집 아주머니와 데파아트 동무들 몇 명이 와 있었다.

"소희야!"

"소희야!"

하는 소리에 섞여 뜻밖에

"엄마!"

하고 달려드는 상진(相珍)이의 소리! 그동안 떨어져 있었건만 그 애는 용하게도 엄마를 알아보았다. 그것은 영철이가 어린앨 시킨 모양이었다.

소희는 가슴이 산란해 견딜 수가 없었다.

영철이와 상진이! 준걸이! 주인 아주머니, 이 세상 사람 중 에 그 누구를 따라갈까 아득하였다. 상진이 생각을 하면 영철이를 따라가고도 싶었지만 그리 가기는 자기의 양심이 허락찮고 준걸이를 따라가자고 할진댄 어쩐지 준걸에게 미안한 것만 같았다.

영철은 더구나 자동차까지 가지고 와서 상진이를 시켜

"엄마 나허구 가."

하고 이끌었건만 소희는 들은체도 않고 주인집 아주머니를 따라 뻐쓰를 타고 서대문가지 오게 되었다. 그동안 소희의 마음은 갈피를 잡을 수가 없어 설레기만 하였다.

사흘이 지나갔다. 준걸이가 찾아 왔다. 벌써 세 번째 온 것이다. 그는 그의 순정을 다 바쳐 소희게 구혼하였다. 평생의 반려자로 소희 없이는 살 수 없다는 게 준걸이의 진정이었 다. 물론 소희 자신도 준걸이의 순정을 모르는 것은 아니었다. 처녀 시절부터 윤락이 된 오늘날도 조금도 변하지 않 고 따라 다니는 준걸일 생각할 때 지금도 더구나 영달한 몸이건만 자기를 변치 않고 사랑함을 볼 때 소희는 자기같은 몸으로 그의 아내가 된다는 게 너무나 그를 불행하게 하는 것 같아서 곧 예스 할 수는 없었다. 더구나 밤낮으로 찾아 와서 자기의 지난 허물을 용서해 주는 의미에서 그리고 일시 오해 때문에 이렇게까지 된 두 사이를 다시 원만히 하기 위해서 곧 결혼하자는 영철이의 진정한 고백을 들을 때 소 희는 어쩔 줄을 몰랐다. 사실 영철의 말에도 진정이 없는 것 은 아니었다. 지금 살고 있던 아내까지 보내고 상진이를 데리고 와서 조르는 것을 보면 그의 과거의 일시적 잘못을 진심으로 후회하고 앞날의 행복된 생활을 가지려는 양심이 있 는 것 같았다. 그렇지만 소희는 다시 영철이와 결혼해 살 수는 없는 것 같았다. 감정이, 기분이 그곳으로 향하질 않았 다.

그해 가을! 시월도 늦어가는 이십팔일! 일은 일사천리로 진 행이 되어 경성 부민관 작은 홀에서 고준걸(高俊傑)과 김소 희(金素喜)와의 화촉의 성전이 평화롭게 거행되었다. 슬픈 과거를 가지고 굳게 살려는 그들의 발길은 유량한 웨딩마취 에 맞춰 한걸음 두걸음 옮겨졌다.

푸르고 붉은 테프에 싸인 그들의 축복 받은 앞길을 힘차게 걸어 갔다.

이등 침대에 나란히 탄 그들! 바로 그날 밤 신랑신부는 신혼여행의 길을 상해로 떠나게 되어 경부선에 몸을 실었다.

차는 애련한 철롯길을 타고 남으로 남으로 달음질 쳤다.

(끝)